球速150km/hピッチングプログラム

殖栗正登

企画・構成
高校野球ドットコム編集部

竹書房

はじめに

こんにちは、殖栗正登（うえぐりまさと）です。

今回は、私が現在徳島大学と球速向上の共同研究を行いながら学び続け、ＮＰＢに45名の選手がドラフト指名されてきた野球育成、強化システムの中から、１５０㎞／ｈのボールを投げるピッチャーの球速向上プログラムを紹介させていただきます。

私は、インディゴコンディショニングハウスの代表という立場で、長期育成野球教室において個人指導でさまざまなカテゴリーの選手、チームをサポートしています。業務提携させていただいている四国アイランドリーグの徳島インディゴソックスでは、ありがたいことに２０２３年のドラフトでは６名、２０２４年には４名の選手が12年連続でＮＰＢからドラフト指名を受けました。

今回モデルをお願いした谷口朝陽投手は、徳島インディゴソックスから２０２３年ドラフトで西武ライオンズから指名を受けました。彼は中学２年生から私が担当して長期育成で理想的に球速を伸ばし、２０２３年シーズンの高卒1年目で最速１５３㎞／hまで到達しました。

もうひとりのモデルである山崎正義投手も徳島インディゴソックスの選手で、１３０㎞／h台から高卒入団後1年で１５１㎞／hまで球速を上げた選手です。

私は担当した選手、チームをスポーツマンシップの育成と競技力の指導を目的としたダブルコーチングで勝利に導くという使命をもとに、野球動作指導、トレーニング指導、長期育成野球教室、治療等、一貫したシステムを作り上げて提供しています。

システムとは、誰が行っても成果の出る仕組みのことで、そこには必ず原理・原則があり、それを突き詰めることでより合理的で効果的なシステムが出来上がります。

そのシステムの中から、今回は１５０㎞／h球速向上プログラムを紹介させていただくのですが、そもそもプログラムとは物事を行う手順や計画のことであり、プログラムのひとつでも欠けるとそれが成り立たなくなります。物事を捉える際には、局所的ではなく包括的に全体像を捉えていくことが大切になってくるのです。


そのために重要なのは、きちんと原理・原則を押さえることです。

そのうえで、まず一番大切になってくるのが運動制御です。

運動制御理論とは、人間の身体がどのように運動をコントロールし、動いているのかを示す理論です。まずそれを知らなくては、そもそも野球という運動はできないですよね。

運動制御を理解したら、次に大切なことは運動学習です。

動画や本を見ただけではもちろん野球はうまくならず、その運動を獲得するための運動学習理論を知らなくては自己組織化（効率的に運動を獲得すること）はできませんし、もちろん指導することもできません。

あとは運動の成り立ちです。パズルを作る際にひとつのピース、例えばピースAと、もうひとつのピースBをくっつければ、ピースCが生まれます。

例えば、座る（シッティング）際には、立った状態（エロンゲーション）からお尻を引く（ヒップヒンジ）という動作のピースを選んで、このふたつをくっつけると座るという運動を行うことが可能になります。

このように、人が運動する際には動作のピースを獲得し、運動目的（行為）によってそれにふさわしい動作のピースを選び、くっつけることで運動を成り立たせることができます。ですから、真っ直ぐに立てない人は正しくは座れず、椅子に寄りかかるというミステイクを犯すことになります。

さて、ここからが、実際に１５０㎞／ｈのボールを投げるためのプログラムです。

ひとつ目がベーシックムーブメントで、ステップ動作の獲得です。ステップとは、一歩で強く加速して移動する動作のことです。横に強く加速する動作を、オープンステップといいます。

①エロンゲーション（立位）
②パワーポジション（力をためたポジション）
③ベースポジション（横移動のために力をためたポジション）
④トリプルエクステンション（出力）
⑤オープンステップ（横向きから前方向に速く大きく一歩で移動）

この①〜④の動作を順次くっつけると、⑤のオープンステップが完成します。このオープンステップがピッチャーのステップ動作であり、盗塁のスタートや守備で横に動く際のステップもすべて同様のものです。

野球の動作を指導する際に「テークバックでは足をこのように動かす」といった感じで複合動作をそのまま指導したら失敗します。なぜなら、テークバックは基礎動作の③ベースポジションだからです。

投球動作のテークバックを教える際、基礎動作であるベースポジションというパズルのピースが獲得されていなくては、根本的に運動を成り立たせることができません。よって、テークバックのベースポジションが獲得されていない段階で、足の動きを指導しても正しい運動を行うことはできないのです。

ですから、運動学習の原理・原則をきちんと押さえて指導を行うことや、選手は運動の自己組織化（効率的に運動を獲得すること）を目指す必要があるのです。

ふたつ目は、ローテーションムーブメントです。偶力（物体の左右に平行で逆向きの力）を加えて、胴体を回転運動させます。

３つ目は、スローイングムーブメントです。偶力で胴体を回転させて、その運動依存力で末端のボールを加速させる基礎動作のことです。

４つ目が、１５０㎞／ｈのピッチングメカニズムと力学的エネルギーです。

エネルギーとは、仕事（力×距離）をすることのできる能力を指します。身体運動を行うエネルギーが力学的エネルギーで、位置エネルギーと運動エネルギーの総和から生まれる流れを、力学的エネルギーフローといいます。

Ｊ（ジュール）はエネルギーの単位で、ボールに１２５Ｊのエネルギーを加えると１５０㎞／ｈの球速が生まれますが、リリースの際に指先がボールに触れている時間は０・01秒ほどなので、ボールに伝わるパワーは１２５÷０・01で１２５００Ｗ（ワット）です。人間の筋肉

1kgが250Wであることを考えると、12500Wを生み出すには50kgの筋肉量が必要になります。しかし、80kgの体重でも腕の筋肉量は4kgほどなので、この筋肉量では150km／hを投げるのは計算上不可能です。そこで知っておいてほしいのが、鞭の原理になります。

鞭は、グリップを高いところに振り上げることで位置エネルギーを蓄え、振り下げながらグリップを並進運動させて並進エネルギーを蓄えます。そして、グリップを止めてその運動エネルギーを鞭に伝達するため、先の細いテールに向かってどんどんエネルギーが加速していくことになります。

ピッチングも鞭の動作と同じです。体重と下半身と重心移動速度で全身の610Jのエネルギーを作り、下半身が止まって軽くなる胴体にそのエネルギーが伝わります。下半身で作った身体全体の運動エネルギーの80%は漏れてしまうのですが、さらにどんどん指先に加速して、最終的にリリースの時点でボールに125Jのエネルギーが伝達されれば、150km／hの球速を出すことができます。このエネルギーの伝達がないと、球速は上がりません。エネルギーを軸足と体重で生み出し、それをボールに効率的に伝達できるフォームが正しいピッチングメカニズムなのです。

5つ目が、ボディアセスメント。これは、150km／hを投げるための身体機能の評価のことです。

６つ目が、身体の剛体化です。物体には軟体と剛体があります。軟体は力を吸収し、剛体は力を伝達します。ピッチングメカニズムにおいて、下半身からのエネルギーを伝達する際に大切なのは、身体が剛体化されていることです。

７つ目が、身体の可動性です。投球に必要な可動性がなくては、エネルギーが伝わる前に身体が動いてしまいます。

下半身で作った運動エネルギーが漏れてしまう原因として、次の３つが挙げられます。

①投球動作の異常
②剛体化ができていないため、エネルギーが伝達できない
③可動性不足で動作ができず、エネルギーが伝達できない

よって、１５０㎞／ｈを出すためには可動性がとても大切になってきます。

８つ目が、パワートレーニングです。アイザックニュートン曰く、物体は力を加えない限り動かないので、身体運動も同じで力を加えない限り投げる運動は起こりません。ですから、１５０㎞／ｈの投球に必要な力を発揮するためには、身体能力を鍛えていく必要があります。そのパワートレーニングも本文で紹介しています。

今回は、１５０㎞／ｈを投げるための球速向上プログラムを紹介させていただきますが、基礎的な投球プログラムに関しては、私の著作『ピッチャーズ球速向上プログラム（カンゼン）』を読んでいただくと、より本書の理解が深まると思います。

今回も、みなさまの競技力向上のお役に立てれば幸いです。どうぞ、よろしくお願いいたします。

目次

第2章

150㎞/hのボールを投げるために必要な一連の動き

生まれたエネルギーをいかに漏らさずフィニッシュまで持っていけるか

第3章

150km/hのボールを投げるためのトレーニング

反射、反応、バランス、筋力、可動性、剛体化を身につける

第１章

150km/hのボールを投げるための投球メカニズム

運動の３法則、運動制御理論、
運動学習理論について

第１章では、１５０㎞／ｈのボールを投げるための投球メカニズムやフォーム、運動の３法則や運動制御理論、運動学習理論等について、詳しく解説していきたいと思います。

これらの原理・原則をきちんと頭で理解して、ピッチングやトレーニングに臨むことが、球速向上につながっていくことになるのです。

では、いまから順に説明していきます。

１５０㎞／ｈの投球メカニズム

１５０㎞／ｈの球速のボールは、１２５Ｊのエネルギーを持っています。これを踏まえて、平均球速１４６㎞／ｈのＮＰＢのピッチャーを例にして考えていきます。まず、１４６㎞／ｈのスピードボールを投げるには、ボールに１１８Ｊを伝えなくてはなりません。

ＮＰＢ投手の身体は、平均１８０・６㎝の身長と85・１kgの体重を有しています。

計測すると、重心移動の速度は約３・０ｍ／ｓですから、並進運動のエネルギーは $1/2\times85.1\times(3.0)^2=383$J（$1/2\times$体重$\times$重心移動速度^2）くらいです。これに位置エネルギーの $85.1\times0.25\times9.8=208$J（体重×マウンドの高さ×重力加速度）を加えると、運動エネルギーは５

91Jになります。

次に、上胴へエネルギーがフローされますが、全身に対して上胴と腕と頭の重量は40％ほどしかなく、この時点でエネルギーが60％減るため腕に伝達するエネルギーは約236Jです。手とボールは一緒に動きますが、ボールは軽くなるのでエネルギーは半分になり118Jとなります。

このように、下半身で作った身体全体の運動エネルギーの約80％は漏れてしまうのです。150㎞／hを投げるためのエネルギーは125Jなので、あと7J追加すればいいという計算が成り立ちます。そうなると、全身で625Jが必要となります。仮に体重を87kg、重心移動の速度を3・1m／sにすると、並進運動のエネルギーが $1/2\times87\times(3.1)^2=418$J で、位置エネルギーが $87\times0.25\times9.8=213$J となり、合計すると631Jが獲得できて150㎞／hのスピードボールを投げられる計算になるのです。

球速を出すために大切なことは、次の4つになります。

① **体重**
② **身長、腕の長さ**

③重心移動速度
④エネルギーを漏らさずボールに伝達する投球動作

そして、エネルギーが漏れたり、伝達できなかったりするポイントとして挙げられるものを、次に示します。

①胴体の前方回転の際に、胴体にエネルギーが伝達していないと、上胴端部の前方移動の速度が重心移動の速度より遅くなる
②Sトップポジション（※1）の位置で腕が固定されていないと、上胴エネルギー増加局面で腕が残ってしまい、腕が遅れることになって指先に伝達するエネルギーが漏れる（エネルギーは固定しているほうが伝わる）

※1　Sトップポジション＝踏み込み足が接地した際の利き手の位置と、グローブ側の手の位置がアルファベットのSを横にした形なのでこう呼ぶ

③オープンステップができていないため、胴体の左下端部を止められず、並進エネルギーを回転エネルギーにフロー（伝達・流入）できない＝上胴端部の移動速度が遅くなる
④Sトップの際に胴体がパーフェクトポスチュア（※2）で剛体化されず、軟体のままで腰が抜けて骨盤が後傾しているフォームだと、関節力（鞭動作）によるエネルギーを伝達で

きずに漏れてしまう

※2 パーフェクトポスチュア＝耳、肩、股関節、膝、足首が一直線上に並んだ完璧な姿勢

⑤オープンステップで重心を加速して踏み込み足が接地した際に、下肢が剛体化されずに膝が前に出たり横に割れたりしてブレーキ効果が出ず、胴体の前方回転によるエネルギーが伝達されない

⑥踏み込み足接地時のドロップジャンプのタイミングで、バックキックができずに関節力が出ないと、シーソー効果を生み出せないため胴体にエネルギーをフローできない

⑦オープンステップの際に股関節の可動性がなく、下半身が動くのと一緒に胴体がくっついていき、突っ込むとか開くとかの状態が生まれると、セパレイトポジション（※3）が取れずに下半身のエネルギーが胴体に伝達できない

※3 セパレイトポジション＝下半身が前方へ進む際に、上半身が残っていて下と上の動きが分割されている状態

⑧オープンステップの際に軸足のヒップロック（※4）で骨盤帯が安定していないと、関節力によるエネルギーを下半身から胴体にフローできない

※4 ヒップロック＝片足立ちしているときに骨盤が落ちないように安定すること

⑨オープンステップの際にトリプルエクステンション（出力）とヒップロックが弱いと、軸足の偏心力（※5）が出ないため下胴の前方回転ができず、下胴のセグメントトルク（※

⑥を出せないため上胴にエネルギーがフローしない

※5　偏心力＝物体の片側だけに力を加えることで、直進しながら回転運動が起こる力

※6　セグメントトルク＝関節の回転を生む原動力

⑩胴体が前方回転して動くときに、肩関節の可動性がなくSトップポジションの水平外転、外旋が出ないとWセパレイトポジション（※7）が取れず、エネルギーがフローする前にボールが先に動いてしまう

※7　Wセパレイトポジション＝上半身と腕のふたつが残っていて、下半身の動きと分割されている状態

⑪上胴の回転時に肩の水平内転動作が出ないと、胴体から腕にエネルギーが伝達しない

⑫最大外旋時から肩の内旋動作が出ないと、ボールにエネルギーが伝達しない

⑬踏み込み足の股関節内旋の可動性がなく、胴体の回転動作が根本的にできていないとエネルギーをフローできない

⑭腕のエネルギーは関節力で伝わるのだが、そこで筋力を使ってしまう

⑮リリースの際に指のＤＩＰ（第1関節）が伸びて剛体化せず、エネルギーが漏れる

理想的なフォームで投げても、エネルギーを100％伝達することはできないというのは先ほどもご説明しました。だからこそ完璧なフォームとは、エネルギーの漏れがフォームにおい

ては起こらない投げ方ということになります。そして、もともとの身体の機能として、87kgの体重および重心移動に必要な速度とそれを出せるフィジカルを有していなくては、どんなに完成度の高いフォームを作っても球速は出ないことも付け加えておきます。

150㎞／hのフォーム

それでは、ここからは実際に150㎞／hのボールを投げるために必要な動きを、一つひとつ解説していきたいと思います。

A レッグアップ（位置エネルギー）

この局面では、まずはシンプルに87kgの体重が最も大切だが、パーフェクトポスチュアを崩さず踏み込み足の膝を高く上げ、重力に対して真っ直ぐ立つことも動作を作るうえで重要になる。15

パーフェクトポスチュアを崩さず踏み込み足の膝を高く上げ、重力に対して真っ直ぐ立つことが重要

０km／hを投げるためには、87×0.25×9.8 の２１３Jの位置エネルギーが必要

B テークバック（下降局面）

①この局面で一番大切なのは、次の重心移動の速度を高めて運動エネルギーを確保することなので、横方向に力を発揮するために力をためたベースポジションをきちんと作れているかどうかが重要

一番大切なのは、次の重心移動の速度を高めて運動エネルギーを確保すること

②抜重（地面にかかる荷重を抜く）で、重心並進移動速度は１・０m／sを出すこと

③マウンドが斜めのため、傾斜反応でベースポジションを作る際に、胴体が前方に行かないよう基底面（右足と左足の間のこと）に重心バランスを取ることも重要。これができていないと、胴体にエネルギーが伝達できない

④ベースポジションを１００%作り、身体の重心が一番下がるフルボトムで、軸足を地面に対して45°の角度を取って水平方向に最大の力を準備する。その際に軸足は抜重で重心を下げ、フルボトムのタイミングで足底に体重を乗せ、地面反力を出して重心を止める

⑤フルボトムのタイミングで軸足を予備緊張（プレフレックス※1）させて、マッスルスラック（※2）を制御してＲＦＤ（力の立ち上がり率）を高め、トリプルエクステンション（出力）を上げて重心移動速度を高める準備をする

※1 予備緊張（プレフレックス）＝動作に先立って、あらかじめ筋肉を収縮・緊張させること

※2 マッスルスラック＝筋肉が弛緩した状態から緊張するまでの間のこと。筋肉のたるみ

⑥腕と踏み込み足の振り込みで、大きな地面反力を捉える

⑦踏み込み足のクロスバックキックは、セカンド方向への地面反力を強く出す

Ｃ オープンステップ（重心速度加速局面）

①この局面は１５０㎞／ｈを出すために最も重要で、４１８Ｊという最大の並進エネルギーを生み出さなくてはならない。ここでも、まず大切なのは体重である

②テークバックで、軸足が地面に対して45°の角度の水平方向のポジティブシンアングル（※3）となり、

重力と軸足の水平方向への地面反力というふたつの外力で、重心移動速度を3.0 ～ 3.1m/sまで高めることが重要

水平方向のベクトルが最大になって基底面（右足と左足の間のこと）が外れる。重力で重心が動き出したホップ反応（※4）のタイミングで、トリプルエクステンションを交差性伸展反射（※5）とともに高いRFD（力の立ち上がり率）で出力する。このときプレートを強く長く押し、力積（インパルス ※6）を高めて大きな地面反力を一気に捉え、ふたつの外力で重心を加速させる

※3 ポジティブシンアングル＝軸足がキャッチャー方向に傾いた状態

※4 ホップ反応＝重心が側方に倒れると転ぶことになるので、倒れるほうに素早く足を一歩踏み出すこと

※5 交差性伸展反射＝強い刺激を受けた足は屈曲し、逆の足はバランスを取ろうと反射的に伸展すること

※6 力積（インパルス）＝物体に加えられた力と、その力が加えられた時間を掛け合わせたベクトル量のこと。力積が大きいほど、運動量も大きく変化する

③この局面では、先ほどの重力と軸足の水平方向への地面反力というふたつの外力で、キャッチャー方向への重心移動の速度を3・0～3・1m／sまで高めることが重要

④ヒップロックで骨盤帯を剛体化させて、関節力で胴体にエネルギーをフローすること。トリプルエクステンション（出力）の関節力の偏心力で骨盤を外旋、伸展することによってオープンステップが生まれるので、股関節、膝関節、足関節を伸展しきることが重要。踵が地面から離れた際に地面反力のX方向（一塁側）の力が生まれ、骨盤帯の回転の力が出

ていることがわかる

⑤軸足動作の出力の順番が大切で、ベースポジション～トリプルエクステンション（出力）～ヒップロックでオープンステップが完成する。きちんと重心が加速して移動すれば体重を踏み込み足に移すことができ、踏み込み足で地面反力も捉えられて次のブレーキ効果につながる

D Sトップ Wセパレイトポジション

①オープンステップで着地した際に、踏み込み足の股関節が地面に対して45°、膝の角度が屈曲50°、足関節の底屈30°、つま先が10°内側の角度で体重が移動して、フットアボーブで地面を上から捉えることが大切。この角度で接地すると、Z方向（上側）とネガティブY方向（二塁側）とX方向（一塁側）に地面反力が出て姿勢が制御される

②踏み込み足をスイングレッグリトラクション（※7）

踏み込み足の接地時にSトップポジションを作って固定できると、Wセパレイトポジションが完成する

によって予備緊張させることで、事前収縮（プレフレックス）してスティフネス（剛性）を高める。マッスルスラック（筋肉のたるみ）を取ってRFD（力の立ち上がり率）も高め、次のバックキックの出力を上げる準備をする

※7　スイングレッグリトラクション＝上げた足を引き戻すことで後面の筋肉が予備緊張されて、接地後すぐに出力できるようになる

③パーフェクトポスチュアを維持して、オープンステップで下胴が先行回転されることで、胴体のセパレイトポジションができる

④踏み込み足の接地時に、肩の水平外転と外旋でSトップポジションを完全に作って固定できると、腕のセパレイトポジションも作られてWセパレイトポジションが完成する

E　Wロケット・ブレーキ効果＆シーソー効果（上胴エネルギー増加局面）

①ブレーキ効果／オープンステップで重心が加速して身体が並進運動し、Sトップで踏み込み足が固定されたブレーキ効果により上胴にエネルギーがフローして、重心速度の2倍の速度が胴体の右上端部に生まれる

②シーソー効果／踏み込み足で下胴の左下部分を後ろにバックキックで力を加えると、シー

ソー効果で上胴の右上部が加速する

③ブレーキ効果とシーソー効果で、上胴までエネルギーが一気に伝達される

④この際にエロンゲーション（立位）が保持され、パーフェクトポスチュアであることによって関節力でエネルギーが伝達される

F コッキング最大外旋位（腕エネルギー伝達局面）

①この局面では胴体の回転運動で、いままでの力学的エネルギーを上胴から手までフローさせていくのがポイント

②下半身で作った全身の力学的エネルギーをブレーキ効果、シーソー効果、偶力で胴体の右上端部を前方に移動させる。それと同時に、肩関節の水平

ブレーキ効果とシーソー効果で、上胴までエネルギーが一気に伝達される

胴体の回転運動で、今までの力学的エネルギーを上胴から手までフローさせていくのがポイント

内転（ラリアット動作）が出て上腕にエネルギーが流入する
③まだボールにはエネルギーが伝達していないので、ボールは後ろに残る形ができる。このフェーズを、ボール速度減速局面という
④後ろにボールが残ったまま胴体と腕が前方に行き、ラギングバック（後ろに遅れる）の形で最大外旋位（MER）ができる

G リリース（ボール速度急増局面）

①この局面では、先ほどのコッキング最大外旋位の段階までにエネルギーが手に伝えられているので、肩の内旋動作と関節力による肘の伸展動作でボールにエネルギーを伝達する
②手首もスリッピング（スナップを使う動き）で、背屈されていたものが関節力で勝手に屈曲されてスナップスローが生まれる
③最後のリリースの瞬間に、指先のDIP（第1関

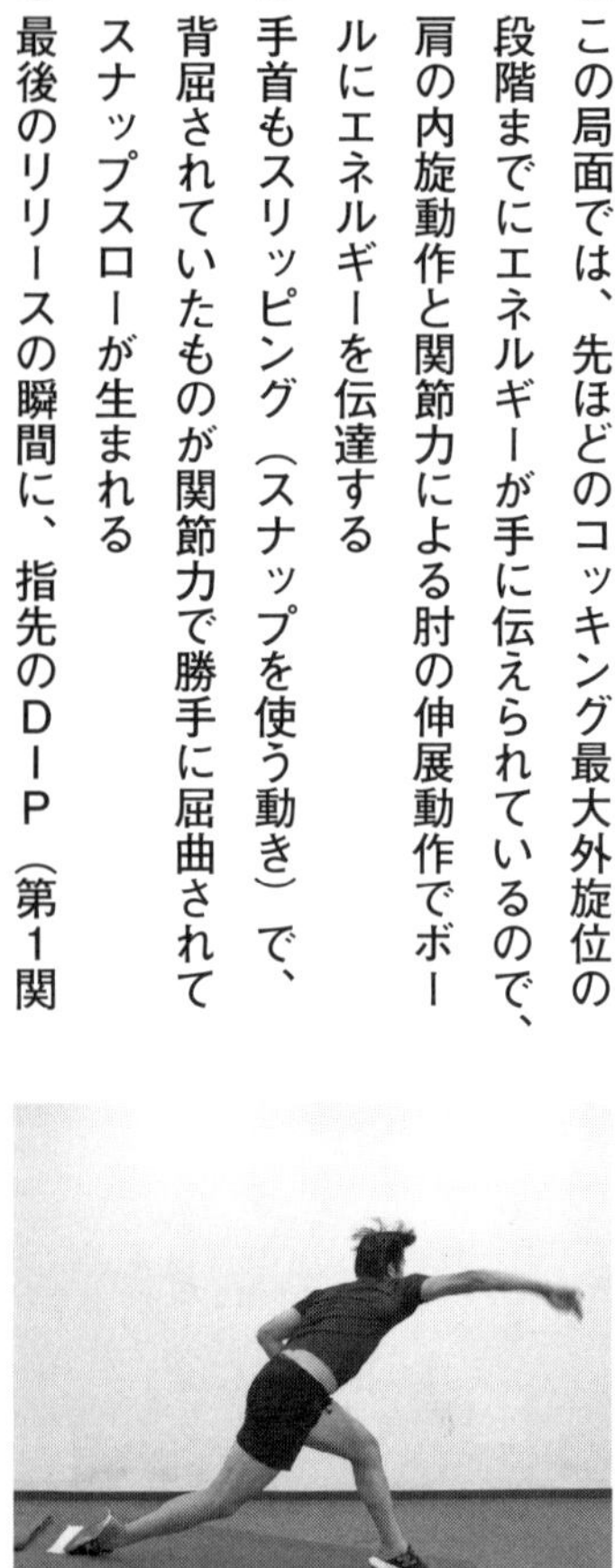

肩の内旋動作と関節力による肘の伸展動作で、ボールにエネルギーを伝達する

節）のフックがボールにかかって回転もかかり、エネルギーがボールに伝わって球速につながる。よって、ボールの握り方がとても重要になる

H フォロースルー（腕の減速局面）

この局面は腕の減速局面で、障害予防にはとても大切である。リリースでは下胴は80°、上胴が120°回転しており、フォロースルーでは下胴は110°、上胴が160°回転している。リリースからフォロースルーまでの０・２秒で上胴40°、下胴20°の回転と肩のエキセントリック収縮（伸張性収縮）で腕を減速していく

リリースからフォロースルーまでの0.2秒で上胴40°、下胴20°の回転と肩のエキセントリック収縮で腕を減速していく

153㎞／hピッチャーの投球フォーム

ここまで、150㎞／hのボールを投げるために必要な動きを、一つひとつ解説してきまし

たが、次の写真は実際に153km／hのボールを投げる投手のピッチングフォームです。

これを見ると、先ほど説明したA～Hの動作が、きちんと行えているのがわかると思います。

153km/hのボールを投げる投手のピッチングフォーム。A～Hの一連の動作が、きちんと行えているのがわかる

3つの運動について

投球運動を学習するうえで、まず大切なのは基礎的な運動を理解することです。

運動には、次の3つがあります。

① **並進運動**
② **回転運動**
③ **並進・回転運動**

物体には力を加えない限り運動は起こらないため、運動を見る際にはどのような力が加わったかを捉える必要があります。

① 並進運動

重心に力が加わった直線運動

② 回転運動

偶力が加わった回転運動

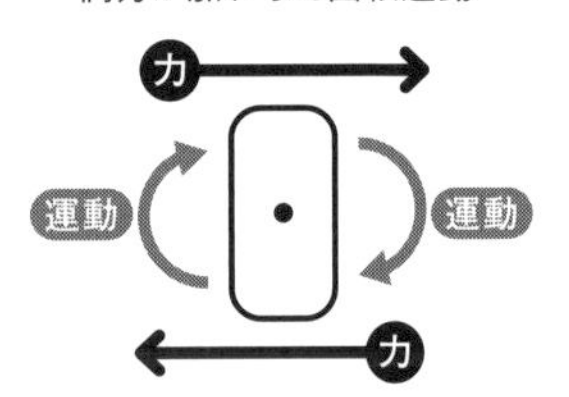

③ 並進回転運動

片側に力が加わり回転しながら進む運動

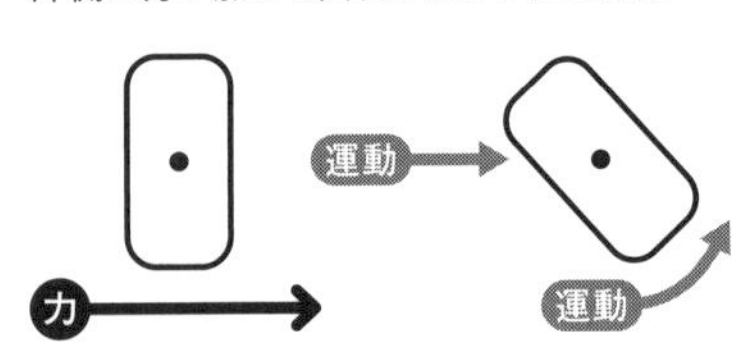

①並進運動とは、重心に力（中心力）が加わった直線運動のこと
②回転運動とは、偶力を加えることによる回転運動のこと
③並進・回転運動とは、物体の片側だけに力を加える（偏心力）と、回転しながら進む運動のことで、これでオープンステップが生まれる

運動の3法則

運動には3つの法則があります。運動の3法則も、先ほどの3つの運動とともに、ピッチング動作に大きな影響を及ぼします。これらの原理・原則をきちんと理解したうえで、次項の「投球動作と力の関係」を読み進めていただければと思います。

①慣性の法則＝静止している物体は静止し続け、運動している物体は等速直線運動を続ける
②運動方程式（F＝ma）＝力（F）を受けている物体（m）は、その方向に加速度（a）が生じる。つまり、速く動きたいのであれば、大きい力を加えなければならない
③作用反作用の法則＝物体に力を加えると、反対方向にも同じ大きさの力が生じる

投球動作と力の関係

力とは、物体に方向と速さを与える能力です。

もちろん、人間が動く際には力が必要となります。そして、ピッチングの動画や連続写真を見て、投球動作が筋力だけで行われていると思う人もいるかもしれませんが、そうではありません。そこには、４つの力が存在しています。

ですから、動画などで投球フォームを見て筋力だけでフォームを作ると、ギクシャクした投げ方になってしまいます。

４つの力とは、次の通りです。

①重力＝地球が物体の重心を引っ張る引力のことで、単位はm/s^2。これにより、物体は加速されてどんどん速く落ちていく。外力（外から働く力）である

②筋力＝筋肉が収縮して起きる力のことで、回転させる力をトルクと呼び、単位はNm（ニュートン・メートル）である。関節を回転させる際の力のメインが筋力であり、これを内力

（内から働く力）とも呼ぶ

③床（地面）反力＝人間が立っていられるのは、体重分の床反力が出ているから（作用反作用の法則）であり、しゃがむ際には抜重することで床反力が下がるため、しゃがむことが可能となる。身体が下がりきるタイミングで足底圧が高まり、床反力作用点からの床反力が高まることで重心が停止する。また、内力（筋力）で床を押した際に、その分の反力で身体は加速されるが、ピッチングの場合は、オープンステップの重心の加速は筋力（内力）でプレート（地面）を押すことにより、外力の地面反力が生まれて重心に作用して重心移動が起きる。これも外力である

④関節力＝これは、ヌンチャクの動きに例えるとわかりやすい。ヌンチャクは２本の棒が紐や鎖で連結されているが、片方の棒を振ると連結部分が靭帯のよ

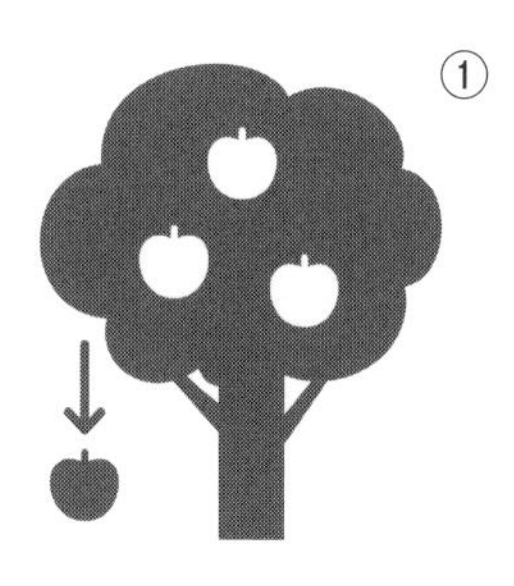

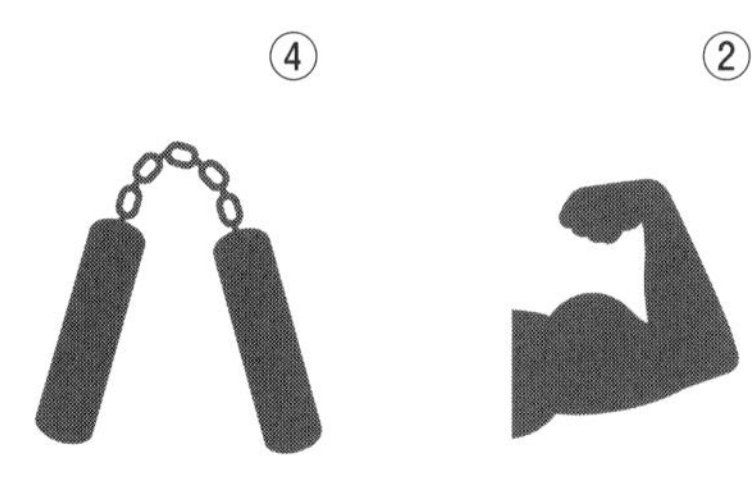

うな役割をして、もう1本の棒が走るような動きをする。上腕を振ったら前腕が走るのも同じで、これを関節力という

これらの4つの力から投球メカニズムを捉えていかなければ、投球フォームは出来上がりません。

では次に、先ほど「150km/hのフォーム」の項でもお伝えした**A**から**H**の動作（P21〜29）に合わせて、4つの力がどのように作用していくのかを解説していきます。

Aレッグアップから**B**テークバックの間に、①重力を利用しながら抜重で重心が下がる

Cオープンステップでは、②筋力でプレートを押して、外力の③床反力で身体の重心が水平方向に加速

Fコッキングで踏み込み足が接地して、バックキックの②筋力からの④関節力によって、③床反力（シーソー効果）で上胴にエネルギーをフローする

Gリリースでは、肘、手首の④関節力でボールまでエネルギーが伝達される

運動エネルギーとエネルギーフロー

まずエネルギーとは、仕事（力×移動距離）をする能力（ポテンシャル）のことです。運動エネルギーには、次の３つがあります。

①位置エネルギー＝公式は質量×重力加速度×高さ
②並進運動エネルギー＝公式は１／２×質量×（速度）^{2}
③回転運動エネルギー＝公式は１／２×慣性モーメント×（角速度※1）^{2}

※1 角速度＝物体が回転運動で1秒あたりに進む角度

そして、ピッチングにおいてはマウンドから投げることで位置エネルギーを高め、それをオープンステップで並進運動エネルギーを伝達し、胴体の回転運動エネルギーにフロー。さらに肩の水平内転と内旋で腕にエネルギーを伝達し、スナップスローでボールまでエネルギーをフローします。

また、エネルギーが伝わらない理由として、主に次の3つが挙げられます。

①伝わる前に動いてしまう
②伝える方向が一致していない
③伝えた物体が剛体ではなく軟体で、吸収されて漏れてしまう

運動制御理論

ただピッチングのメカニズムを知っただけでは、当然ですが速い球をマウンドから投げることは不可能です。意識しなくても、身体が勝手に動くようにならなければいけません。これを自己組織化といいます。そのためには、どのようにして人間が運動しているのかを運動制御理論で知る必要があります。

次に示す図①が、運動制御の基本となります。

ピッチングという運動行為を、高位機能の前頭前野で速い球を投げるという行為運動を企画したら、その運動プログラムが運動前野でプログラムされて大脳基底核に伝えます。すると、

図① 随意反応 高位機能（200～300ミリ秒）

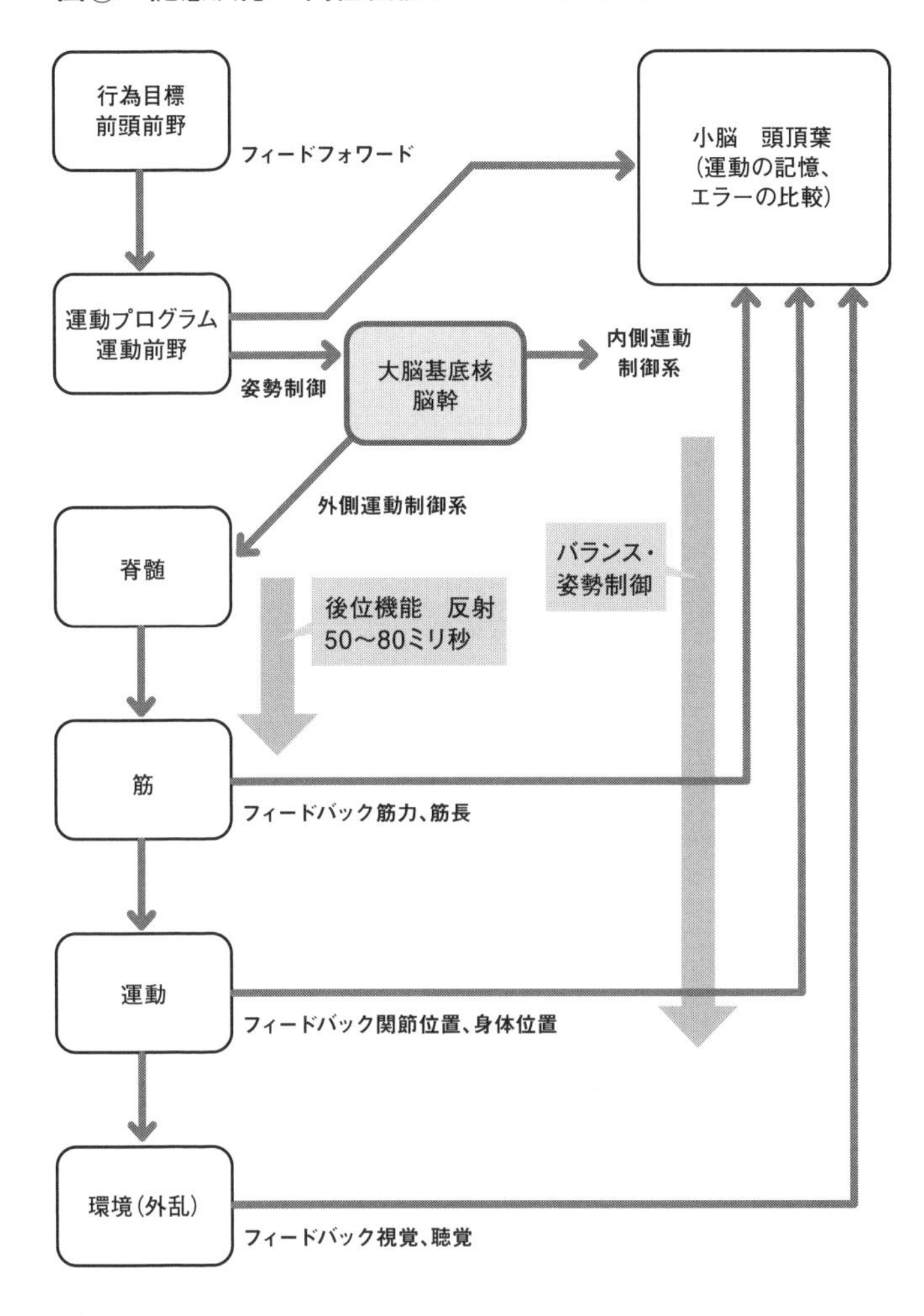

その情報を正しく整理して、内側運動制御系（動作の200〜300ミリ秒前に身体制御）と外側運動制御系（随意運動）に伝わり、運動が行われるのです。

その際、下位機能の脊髄反射レベルの交差性伸展反射などを行い、中位機能の小脳、脳幹レベルは姿勢やバランスを制御。あるいは、運動の誤差調整も行います。また運動前には、運動環境を視覚、聴覚、固有受容器などからフィードバックし、感覚統合して環境に適応しながら、運動プログラムを予測して身体を制御しています。

これらのことから、運動の変動性を捉えることや経験が、いかに大切かということがわかります。

人間は、感覚器から環境や空間に対する情報を得て、脳で情報を統合します。そして、その情報から内側運動制御系で姿勢を制御し、外側運動制御系で動作を起こしています。この動作の結果は、筋肉、関節から身体の位置が随時フィードバックされています。

その動作のフィードバックと、結果のフィードバックがなされたのを受けて、脳ではその結果から動作エラーを小脳のプルキンエ線維に長期抑制します。このプルキンエ線維から、小脳核へと正しい運動プログラムを長期記憶させ、運動を自己組織化して覚えているのです。

このことから、動作というのは間違いを自己理解して抑制し、正しい動作を構築していることがわかります。逆に言えば、自分で動作を理解して、修正する自己エラー学習ができないと、運動は構築されないということです。

運動とは、一つひとつの筋肉に命令して行われているわけではなく、投球するというボタンをひとつ押したら、一気に運動プログラム化された投球という動作が選択反応されて、自動的に遂行されるものなのです。

だから、この運動制御を理解することなく、その動作を部分的に取り出して、角度とかを意識させて運動プログラムを壊したり、高位、中位、下位機能を考慮せずに見た目のままでドリルを教えたりすると、パフォーマンスが低下する結果につながりかねません。

ですから、運動制御理論を理解するのは、とても大切なことなのです。

運動学習理論

運動学習とは、先ほどの運動制御を理解して人間の身体のコントロールが可能となったら、学習者が自己の動作の感覚と動作の結果をもとにして、目的課題を適切に解決するための運動感覚を修得していく過程のことをいいます。いまからその行程を示していきます。

①人間が動作を覚える運動制御のシステムを知る
②150km／hを投げるメカニズムを知る
③150km／hを投げるトレーニングを知る
④運動学習を通して、その投球メカニズムを自分自身が身につける

さらに詳しく見ていきましょう。

A わかる／認知段階（前頭前野）

認知段階は、正しい運動を企画する段階

①運動する本人が、頭で運動の意図や課題を明確に理解して、頭でわかる状態にすること。人は、わからないことはできない

②次に、指導者が理想的なパフォーマンスを提示して、模範となること。選手は何を行うかを言語的に理解し、どうすれば正しいパフォーマンスができるかの設計図を知り、指導者の模範から運動のゴールを視覚的にイメージすることが大切

③指導者は、その課題ができたらどんな成果、報酬があるかを明確にすることが重要で、学

習者の本人はきちんと理解して意識することが大切

B できる（意識すればできる）／運動段階（頭頂葉）

運動段階は、適切なフィードバックを選択して認知、企画した設計図を身体で正確にできるようにする段階（身体知）。この際、脳の頭頂葉に運動は短期記憶されていくが、正しい動作をきちんと反復して行うことが重要になる（これをブロック法という）。また、アナロゴン（似たような動作で運動共感させる）を使い、運動をイメージさせながら運動感覚をつかませることも大切。そのためには、次のアプローチで運動学習を進めていく

①内的フィードバック（内的エラー学習）

指導者は最初が肝心で、まずは正しい模範を見せて視覚から捉えさせる。そのうえで、次に実際に行わせていく中で、最初は大雑把に動作を捉えさせて自分の運動感覚でできるようにさせていく。その後、自分で考えて修正させる（視覚的フィードバックから固有感覚的フィードバックへの移行）。ここでは自己観察学習が必要で、その際に指導者は冷静な傍観者の立場でいることが重要

②外的フィードバック（外的エラー学習）

大雑把に運動を自身で捉えることができるようになってきたら、KR（その動作の結果の知識）、KP（その動作の知識）を画像で示したり、指導者がフィードバックしたりする。この際には、動作が完璧に仕上がるよう、切迫性を持って共感者の立場でいることが重要

③定着テスト

定着テスト（※1）を毎回行い、運動が定着してきているかの確認をすることが重要

※1　定着テスト＝いきなり前回の動作をやらせて、どこまで定着しているかを確認するテスト

C できた（無意識でできる）／自動化段階（小脳）

一定のリズム、タイミングで調和された流動的な動きが繰り返しできる。つまり、リズム化（※2）ができている段階。運動は小脳にもフィードバックされ、そこでエラー学習（運動の変動性を変える環境、タスクなどのランダム法）を通して、長期記憶されて自動化定着していく。まず正しい動作を理解したうえで（認知段階）、ドリルを意識的にこなして動作を覚え（連動段階）、エラー学習で正しい動作が無意識にできるようにしていく（自動化段階）。それができ

ているかどうかを確認する、自動化テスト（※3）も行う。自動化段階まで来たら、内的フィードバックがメインとなる。動きがリズム化されてスムーズに自己感覚で運動ができる状態になると、指導者あるいは映像などを外部の人間が見ても、どんな環境下でも完璧なパフォーマンスの発揮ができていて、１５０km／ｈのフォームが仕上がった段階といえる

※２　リズム化＝①分節化　②力のアクセント　③時間の長短のこと

※３　自動化テスト＝運動を指示、個人、環境等で変動させてアトラクター（※４）を確認させて、運動が自動化しているかをチェックするテスト

※４　アトラクター＝動作の中で普遍的に変わらない場所であり、逆にフラチュクエーターは動きが可変的で自由度の高い場所

第2章

150km/hのボールを投げるために必要な一連の動き

生まれたエネルギーをいかに漏らさず
フィニッシュまで持っていけるか

第2章では、150km/hのボールを投げるために必要な一連の動きを、詳しく解説していきたいと思います。ピッチングというのは、一つひとつの動きが連動して大きな力を生み出すもので、そこで生まれたエネルギーをいかに漏らさずフィニッシュまで持っていけるか、という部分が非常に大切になってくるのです。

では、いまから順を追って説明していきます。

ベーシックムーブメント

投げるという運動行為は、動作と動作の組み合わせでできています。そのため、まずはきちんとした姿勢を取れているかが大切です。次にパワーポジションができて力をためて、トリプルエクステンションで出力して地面を押し、その地面反力でジャンプまで習得したら、ベースポジションを作ってオープンステップで水平方向に加速する。ピッチャーに必要なこういったキャッチャー方向への重心移動、そして止めるという基礎動作までを習得していきます。

A エロンゲーションパーフェクトポスチュア

抗重力伸長のことで、重力に対して頭を上に伸ばしながら腹腔、胸腔内圧で胴体を安定させ、重力に抵抗して身体を上に伸ばし、背骨をS字にして正しい姿勢を作ること

①エロンゲーション（立位）で重力に抵抗して、真っ直ぐの軸を作る

立位で重力に抵抗して、真っ直ぐの軸を作る

②背中に棒を当てて、S字湾曲を確認

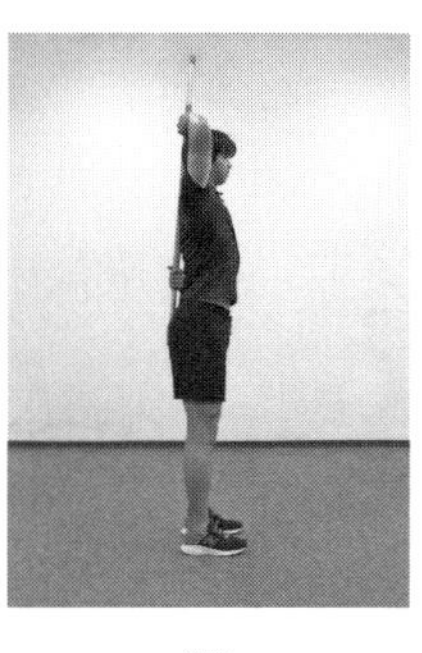

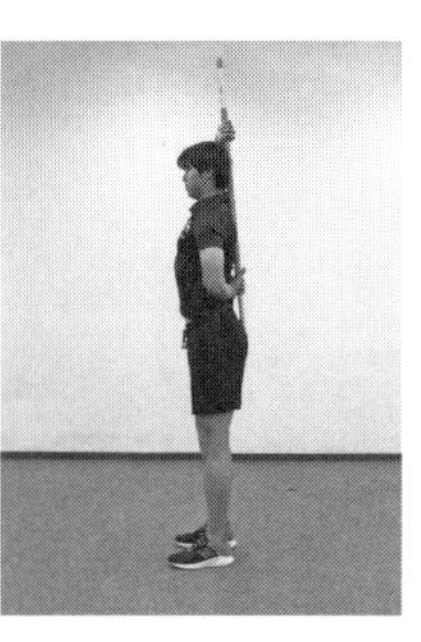

背中に棒を当てて、S字湾曲を確認

B ヒンジ

立て膝から骨盤を前傾、大腿を後傾させること。この際、軸が崩れないように股関節の屈曲動作ができているかが重要

①立て膝からスタート

②股関節を後ろに引いて屈曲動作を行う

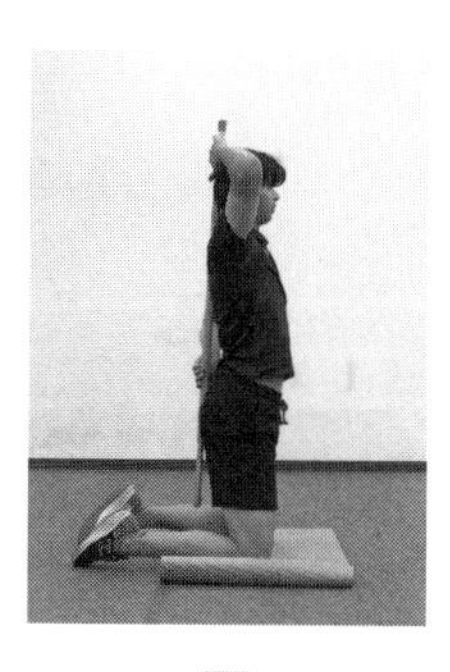

▼

立て膝からスタートして、股関節を後ろに引いて屈曲動作を行う

C ヒップロック

立て膝からヒップヒンジ（お尻を引く）を作り、股関節をぐっと伸展させてロックをかけ、骨盤帯を安定させる。これで交差性伸展反射によって、踏み込み足に屈曲動作が出る

①立て膝を作る
②股関節を屈曲させてヒンジ動作を出す
③股関節を伸展しきり、関節力で下から上にロックをかけてエネルギーを伝達する
④交差性伸展反射で踏み込み足が屈曲する

D パワーポジション

パーフェクトポスチュアからヒンジを行い、足首、膝、股関節の3関節を曲げるトリプルフレクションから下半身の力をためた形のことで、これをパワーポジションという

①パーフェクトポスチュアをエロンゲーション（立位）で作る

②そこからヒップヒンジを入れる

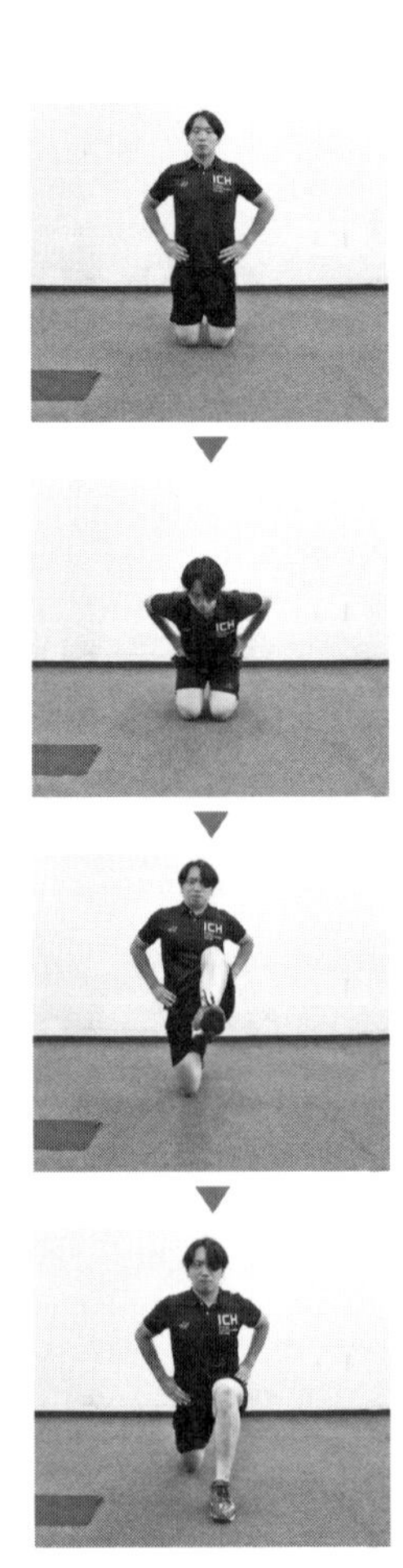

立て膝からヒップヒンジを作り、股関節を伸展させてロックをかけ、骨盤帯を安定させる。これで、踏み込み足に屈曲動作が出る

パーフェクトポスチュアを立位で作り、そこからヒップヒンジを入れる

E トリプルエクステンション

パワーポジションから、屈曲した下半身の3関節を一気に伸ばして地面を押し、大きな内力で床反力という外力を引き出して身体を加速させる

① パーフェクトパワーポジションを作る

② そこから股関節、膝関節、足関節の3関節を一気にタイミングよく伸ばす

▼

▼

パーフェクトパワーポジションから、股関節、膝関節、足関節の3関節を一気にタイミングよく伸ばす

F バーチカルジャンプ

エロンゲーション（立位）からパワーポジションへきちんと抜重して地面反力で止め、筋肉を予備緊張させてＲＦＤ（力の立ち上がり率）を高める。そこからトリプルエクステンション（出力）で地面を一気に押して力積（重心移動速度とそれを出す力）を高め、ヒップロックで骨盤帯を安定させて爆発的に垂直方向に跳び上がる

①エロンゲーション（立位）から、パーフェクトパワーポジションを作る

②そこからトリプルエクステンション（出力）で地面を押して、垂直方向に加速する

立位からパーフェクトパワーポジションを作り、そこから地面を一気に押して垂直方向に加速する

G ベースポジション

下肢を斜めに傾けることによって、力が発揮する方向を横に転換すること（インライン）。ポイントは、パワーポジションから股関節を内に締める際に、足首〜膝〜股関節が一直線になるようにすること（アングルオブアタックポジション）

①パーフェクトパワーポジションを作る

②そこから下肢を45°内側に締める（インライン）

パーフェクトパワーポジションから下肢を４５°内側に締める際に、足首〜膝〜股関節が一直線になるように

H オープンステップ（エクスターナルローテーション・ヒップロック）

横向きから前方向へ速く大きく移動するステップのことで、エロンゲーション（立位）〜トリプルエクステンション（出力）〜ヒップロックで骨盤帯に偏心力が加わり、直線運動と回転運動が生じてオープンステップで重心が加速する

①ベースポジションを作る
②そこから軸足をトリプルエクステンション（出力）しながら、ヒップロックして前方向に加速すると、偏心力によってオープンステップで重心が加速する

軸足をトリプルエクステンションしながら前方向に加速すると、オープンステップで重心が加速する

■ディセレイション

減速動作のこと。まずオープンステップで重心移動がきちんとできていれば、フットアボーブで足が地面に対して上から捉えることが可能となり、地面反力を大きく出すことができる。踏み込み足の脛の角度は、進行方向とは逆の減速方向のネガティブシンアングル（※1）を作る。

足の接地前にプレフレックス（事前収縮）で先に筋力を出し、接地時には平衡反応のコーコントラクション（共同収縮）で重心を完全停止させる

※1　ネガティブシンアングル＝膝を曲げた際に、膝の位置がくるぶしよりも後ろにある状態

①パワーポジションを作る

②そこから足を踏み込んで、平衡反応で腹圧とアイソメトリック（等尺性筋収縮※2）で完全に重心を止める

※2　アイソメトリック（等尺性筋収縮）＝関節は動かないが、筋肉が収縮している状態

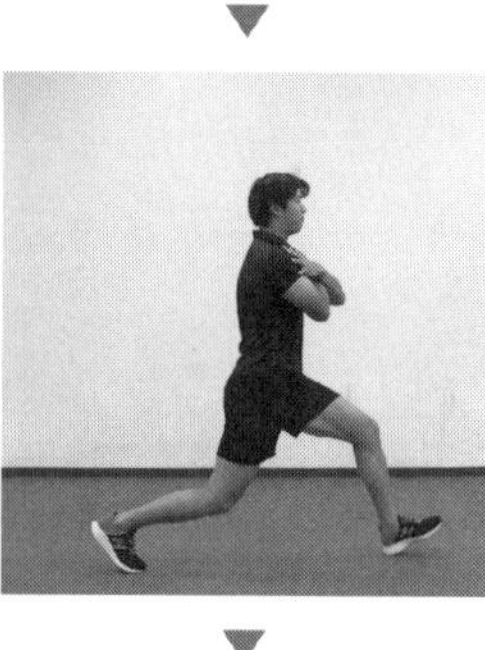

踏み込み足の接地前に事前収縮で先に筋力を出し、接地時には共同収縮で重心を完全停止させる

J ドロップジャンプ

ピッチングの踏み込み足の地面反力を見ると、ドロップジャンプの波形と同じであることがわかる。それは、踏み込み足の接地からリリースまでの時間が0・15秒だからである。そのため、ドロップジャンプの基礎動作の修得は必須。ポイントは、足首の予備緊張によるスティフネス（固定力）となる

① BOXの上に立つ

② 事前収縮で足首を固めてドロップジャンプする

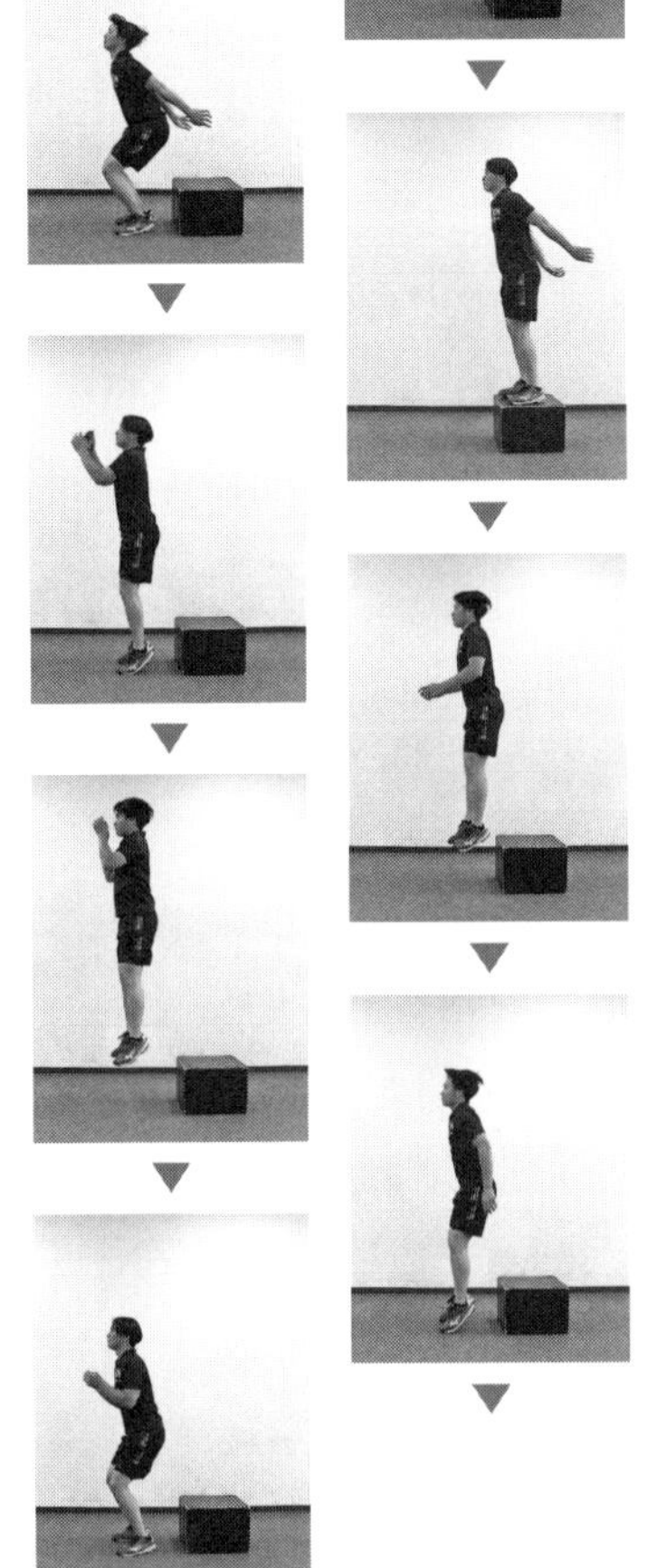

BOXの上に立ち、事前収縮で足首を固めてドロップジャンプする

偶力ローテーションムーブメント

物体を回転運動させるためには、偶力（物体の左右に平行で逆向きの力）を加える必要があります。胴体を回転させるには、股関節と肩甲上腕関節で胴体の上と下に偶力を加えます。これで胴体が回転し、力を背骨で伝達します。

A 偶力ロワローテーション

偶力とは、まさにデンデン太鼓の回転運動を起こす力のことであり、物体に対して逆方向の力を加えて回転動作を生み出すことをいう。人間においては、骨盤を挟んでいるのは股関節であり、股関節で骨盤を挟んで（アダクション）後ろに引き込む（プルバック）ことで、下胴が回転運動を起こす

①ボールを股関節で内側に挟む（アダクション）

②股関節を後ろに引き込む（プルバック）

③偶力でボールを回転させる

▼

▼

股関節で骨盤を挟んで後ろに引き込むことで、下胴が回転運動を起こす

B 偶力アッパーローテーション

胸郭を挟んでいるのは肩関節。胸郭を肩関節で挟んで（アダクション）後ろに引き込む（プルバック）ことで、上胴が回転運動を起こす

① ボールを腕で挟む（アダクション）
② 後ろに引き込んで（プルバック）ボールを回転させる

胸郭を肩関節で挟んで後ろに引き込むことで、上胴が回転運動を起こす

C W偶力ローテーション

ロワボディ（下胴）とアッパーボディ（上胴）で、同時にアダクションプルバックで偶力を出し、胴体全体を回転運動させる

①足、腕でボールを挟む（アダクション）

②足、腕をアダクションプルバックで偶力を発揮

③胴体を回転する

下胴と上胴で同時に偶力を出し、胴体全体を回転運動させる

D スパイン（背骨）ローテーション

背骨の回転運動。背骨は、回旋筋の収縮で関節そのものを回転させる。背骨の関節は大きな回転可動域を有するため、柔軟性が大切

① エロンゲーション（立位）を行い、内旋しながら腕を下げる

② 背骨を回転して顎の下に肩を入れる

背骨の回転運動。背骨の関節は大きな回転可動域を有するため、柔軟性が大切

ベーシックスローイング

A Sトップスローイング

顎の下に肩を入れて、腕はアルファベットのSが横になったSトップポジションを作る（肩外転・外旋70〜90°、水平外転45°、肘屈曲90°、前腕回内90°）。そこから肩の入れ替え（上胴の回転）と肩の水平内転でつなげて、肘はこの運動依存で加速して伸展したスナップスローで、下半身で作った運動エネルギーをボールに伝える

①エロンゲーション（立位）から手を上げる
②パワーポジションを作って内旋しながら腕を下げる
③Wアダクションプルバック（胸郭と股関節の両方を挟んで後ろに引き込む）とスパイン（背骨）ローテーションで、顎の下に左肩を入れながらSトップを作る
④W偶力ローテーションと、スパインローテーションの回転運動の運動連鎖でボールを投げ、肩で水平内転と胴体の運動エネルギーを腕に伝えていく

B シングルレッグSトップスローイング

ピッチングは片足で行う動作であり、片足のパワーポジションでスローイング動作ができなくてはならない

立位からSトップポジションを作り、肩の入れ替えと肩の水平内転でつなげ、スナップスローで運動エネルギーをボールに伝える

①シングルレッグパワーポジション（片足でのパワーポジション）を作る
②Sトップを作る
③バランスを反射で取りながら、W偶力ローテーションとスパインローテーションの運動連鎖でボールを投げる

シングルレッグパワーポジションからSトップを作り、運動連鎖でボールを投げる

C オープンステップスローイング

いままでのベーシックムーブメント、ローテーションムーブメント、スローイングムーブメントをリンクし、並進エネルギーを回転エネルギーにフローしてスローイングにつなげる

①エロンゲーション（立位）を作る
②腕を内旋しながら、ベースポジションを作る
③オープンステップをして、Sトップポジションを作る
④ローテーションムーブメントで、腕にエネルギーをフローしてボールを投げる

立位からベースポジションを作り、オープンステップをしてSトップポジションから、腕にエネルギーをフローしてボールを投げる

ワインドアップ

ワインドアップでは、エロンゲーション（立位）の体勢から重力に抵抗する軸を作って腕を上げることで、重心の位置が5％上がります。それによって、次のオープンステップの際に振り込み動作が使えるようになり、地面反力を強く出すことができます。

立位から重力に抵抗する軸を作って腕を上げることで、重心の位置が5％上がり、地面反力を強く出すことができる

A ウオーターバッグワインドアップ

① マウンドでウオーターバッグを持って立つ

② エロンゲーション（立位）を作りながら、ウオーターバッグを持ったままワインドアップをして姿勢を制御する

▼

▼

▼

立位を作りながら、ウオーターバッグを持ったままワインドアップをして姿勢を制御する

レッグアップ

レッグアップとは上半身、下半身ともに30°の後方回転を加えながら、膝を高く上げるポジションです（マキシマムニーハイ・MKH）。足を上げることで重心が7％上がり、下降速度も上がって股関節の反動動作が高まり、オープンステップの際に重心移動の速度を高めていきます。

正しいレッグアップを習得するためのドリルとして、マウンドという環境でウオーターバッグを持ち上げます。すると水の流れが負荷となって前方、下方向に加速がかかります。このとき、内側運動制御系でバランスを取りながら、外的運動制御系で投球動作を出していきます。

足を上げることで重心が7％上がり、下降速度も上がって股関節の反動動作が高まり、重心移動の速度が上がる

A ウオーターバッグオーバーヘッドレッグアップ

① マウンドに立ち、エロンゲーション（立位）から頭上にウオーターバッグを持つ

② そこから姿勢を制御しながら、レッグアップとレッグダウンを繰り返す

テークバック

テークバックとは、レッグアップの身体の垂直位からキャッチャーのいる水平方向への方向転換をしながら、重心移動を加速するためにためた力をためたポジションで、ここから下降局面に移っていきます。球速を出すためには、ここで抜重して重心移動速度1・0m／sを出すことが必要になります。

▼

▼

立位から頭上にウオーターバッグを持ち、姿勢を制御しながらレッグアップとレッグダウンを繰り返す

球速を出すためには、テークバックで抜重して重心移動速度1.0m/sを出すことが必要

①テークバックでは、軸足でベースポジションを作ることによって、地面反力が水平方向に出るようにする

②下半身と上半身の振り込みによる反動動作で地面反力を高め、オープンステップの筋力の立ち上がりを強くして重心移動の速度を高める

③上胴は30°後方回転を維持して傾斜反射と軸足に体重が乗ることで、COP（床反力作用点）と重心を一致させながらバランスを取り、胴体が前下方向に突っ込んでエネルギーの伝達がロスすることを防ぐ

④テークバックのタイミングでプレフレックス（事前収縮）してマッスルスラック（筋肉のたるみ）を取り、コーコントラクション（共同収縮）しながら、テークバックの位置でオープンステップを準備するためのポジションを作る

⑤抜重して重心移動速度1・0m／sを出すことと、垂直方向の地面反力も出す

テークバックのドリルとしては、次のようなものがあります。

A ウオーターボールドロップコーコントラクションテークバック

ウオーターボールを持ってレッグアップポジションを作り、抜重でドロップして重心移動速度を出す。テークバックポジションでプレフレックス（事前収縮）して、コーコントラクションの共同収縮と垂直方向の地面反力で止める。ウオーターボールの重みによる腕の振り込み動作で、地面反力を強く出す

①ウオーターボールをレッグアップポジションで持つ
②テークバックポジションで事前収縮をして、共同収縮で完全固定する
③ウオーターボールの重みを使い、振り込み動作につなげて地面反力を強く出す

ウオーターボールを持ってレッグアップポジションを作り、抜重でドロップして重心移動速度を出す

B BOXダウンハイドロベストテークバック

ハイドロベストを担いで、後上方からの負荷でBOXダウンの際にプレフレックスで事前収縮する。コーコントラクションの共同収縮で、テークバックポジションにおいて完全停止することで地面反力を捉え、傾斜反応で重心のバランスを取る

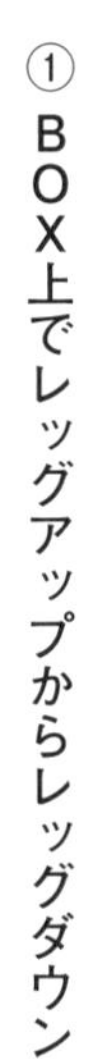

① BOX上でレッグアップからレッグダウン

② 傾斜反応でバランスを取り、地面反力とプレフレックス（事前収縮）とコーコントラクション（共同収縮）でBOXダウンのテークバック時に完全に止まる

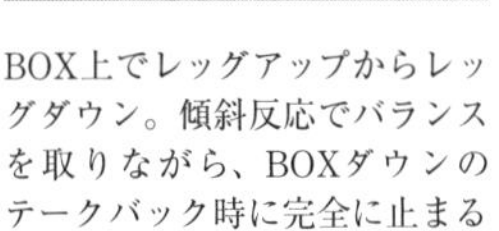

BOX上でレッグアップからレッグダウン。傾斜反応でバランスを取りながら、BOXダウンのテークバック時に完全に止まる

オープンステップ&Wセパレイト Sトップポジション

テークバックからホップ反応のタイミングで重力加速が一気に働き、トリプルエクステンション（出力）、ヒップロックのムーブメントシークエンス（一連の動き）で地面反力を水平方向に大きく出します。オープンステップで重心を加速させる体重移動ができていれば、踏込み足は交差性伸展反射のタイミングで一気に振られ、スイングレッグリトラクションで予備緊張しながらフットアボーブで地面を上から捉え、地面反力を最大限に出す形が作れます。

テークバックから重力加速が一気に働き、地面反力を水平方向に大きく出す

オープンステップ&Sトップのドリルには、次のようなものがあります。

A BOXウオーターバッグフロントステップ&ヒップロック

片足でパワーポジションを取り、交差性伸展反射のタイミングで踏み込み足を大きく屈曲してトリプルエクステンション（出力）しながら伸展し、地面を押して大きな地面反力を出す。ヒップロックで骨盤帯を剛体化して胴体〜腕にエネルギーをフローする

①ウオーターバッグを持ち、片足でレッグアップしてパワーポジションを作る
②ドロップパワーポジションをプレフレックス（事前収縮）で捉える
③トリプルエクステンション（出力）からヒップロックで、踏み込み足がフットアボーブで地面を上から捉えて完全停止し、腕までエネルギーをフローする

片足でパワーポジションを取り、踏み込み足を大きく屈曲してから伸展し、地面を押して大きな地面反力を出す

B ＢＯＸピッチングオープンステップ&ヒップロック

ベースポジションを作り、交差性伸展反射のタイミングで軸足をトリプルエクステンション（出力）からエクスターナルローテーション（外旋運動）、ヒップロックで外転してオープンステップ。重心移動、体重移動がきちんとうまく行われていれば、フットアボーブで完全停止できる

①ＢＯＸの前でベースポジションを作り、交差性伸展反射のタイミングで軸足をトリプルエクステンション（出力）させる

②オープンステップとヒップロックで骨盤帯を剛体化し、胴体にエネルギーを伝達してＢＯＸの上にフットアボーブで地面を上から捉える

ベースポジションを作り、軸足をオープンステップ。胴体にエネルギーを伝達してフットアボーブで地面を上から捉える

C ハイドロベストバランスオープンステップ&Sトップポジション

ハイドロベストを担ぐことで姿勢制御をして、胴体が突っ込まないようにしながらオープンステップのSトップでエネルギーフローを捉える

① ハイドロベストを担ぎ、反射的にバランスを取りながらエロンゲーション（立位）を作る

② 腕を内旋して下げながら、ベースポジションを作る（振り込み反動動作）

③ 軸足のトリプルエクステンション（出力）、エクスターナルローテーション（外旋運動）、ヒップロックで骨盤帯を剛体化し、エネルギーを胴体にフローしてWセパレイトポジションでSトップを作る

ハイドロベストを担ぐことで姿勢制御。胴体が突っ込まないようにしながら、Sトップでエネルギーフローを捉える

D BOXドロップハイドロベストオープンステップ&Sトップポジション

BOXの上でレッグアップを行い、地面にドロップしてテークバックでは傾斜反応でバランスを取る。プレフレックス（事前収縮）とコーコントラクションの共同収縮でテークバックを作る。トリプルエクステンション（出力）の地面反力で、水平方向に移動することがより明確に捉えられる

①BOX上でレッグアップ。そこから降りてテークバックでは、傾斜反応でバランスを取りながら身体を止める

②プレフレックス（事前収縮）とコーコントラクションの共同収縮でRFD（力の立ち上がり率）が高まり、軸足のトリプルエクステンション（出力）の筋力が強まるため、地面反力が高くなって重心移動の速度も速く出せる

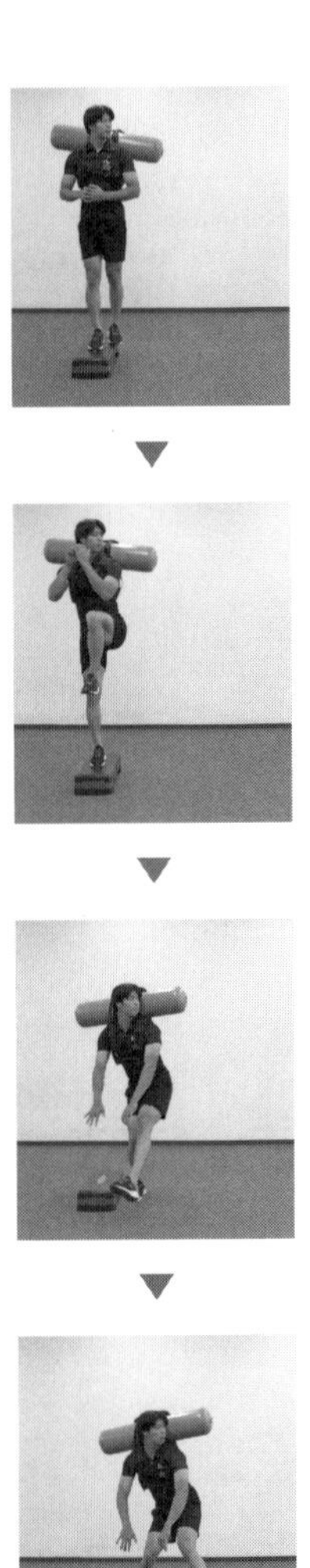

BOXの上でレッグアップを行い、地面にドロップしてテークバックでは傾斜反応でバランスを取る

E BOXドロップハイドロベストハードルオープンステップ&Sトップポジション

先ほどのドリルにハードルを前に置いてまたぐと、トリプルエクステンション（出力）からヒップロックで骨盤帯を安定させて重心移動、体重移動していることが確認できる。ハードルを使ってBOXからドロップすることで、垂直方向の地面反力が出て身体を制御すれば、水平方向の地面反力を左右にぶれることなく真っ直ぐオープンステップにつなげることができる

① BOX上でレッグアップして、そこから降りてテークバックでは傾斜反応でバランスを取りながら身体を止める

② トリプルエクステンション（出力）でハードルをまたぐことによって、ヒップロックで骨盤帯を安定させて重心移動、体重移動していることを確認する

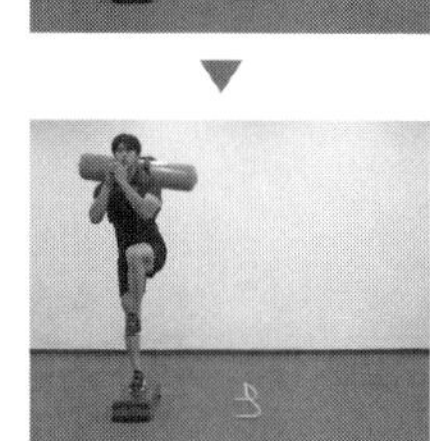

トリプルエクステンションでハードルをまたぐことによって、ヒップロックで骨盤帯が安定していることを確認する

F フロントレッグクロス＆ホップ反応オープンステップスロー

シングルレッグパワーポジションから、軸足に踏み込み足をクロスさせてベースポジションを作る。傾斜反応で基底面（右足と左足の間のこと）に収めていた重心が外れると、ホップ反応でクロスした足が前に出ようとするタイミングで、トリプルエクステンション（出力）で重心を加速。ヒップロックによって、骨盤帯を偏心力でオープンステップさせる

①シングルレッグパワーポジションで踏み込み足をクロスさせる

②ベースポジションを作り、ホップ反応のタイミングでトリプルエクステンション（出力）を出す

③オープンステップで着地する

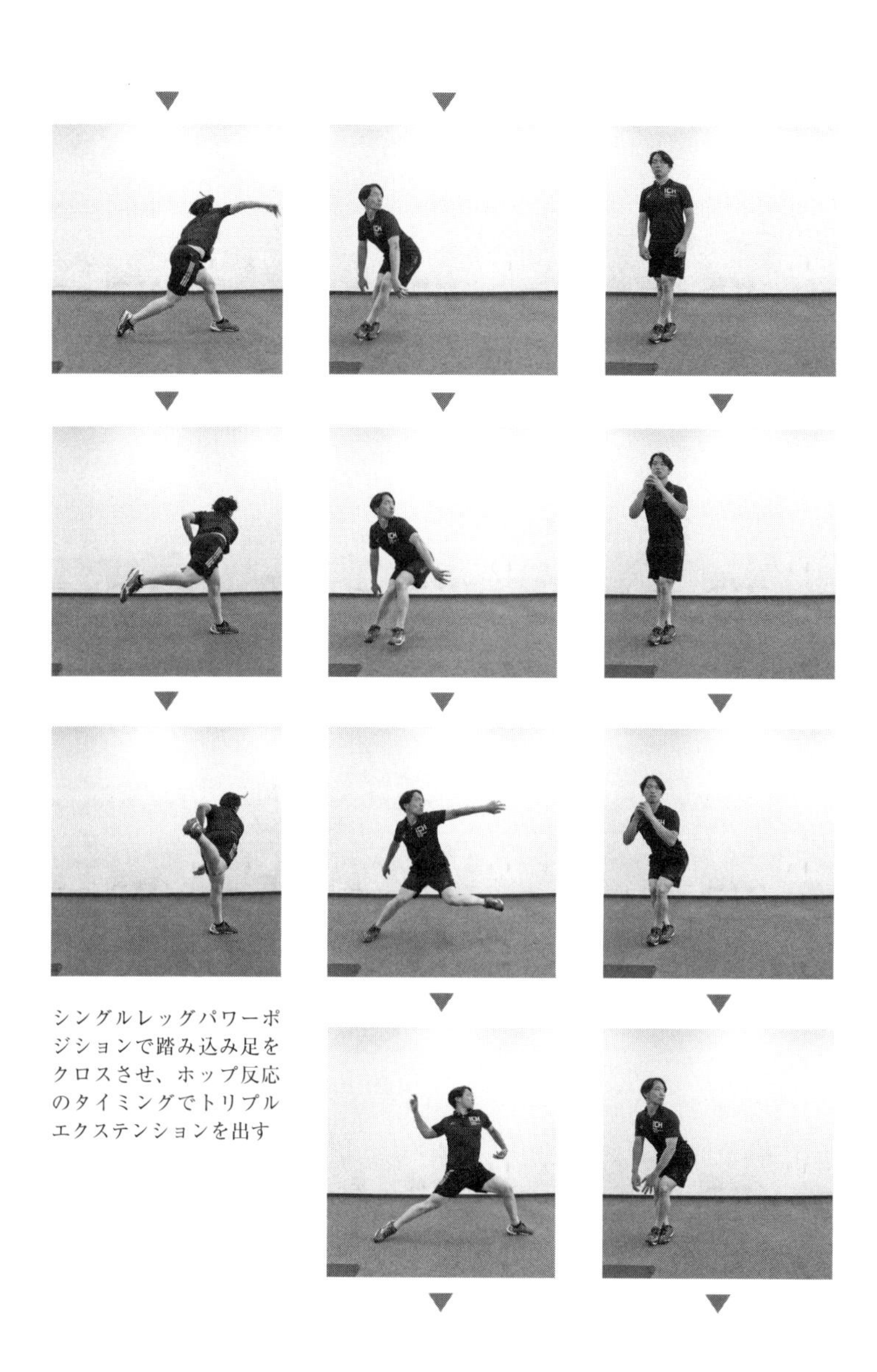

シングルレッグパワーポジションで踏み込み足をクロスさせ、ホップ反応のタイミングでトリプルエクステンションを出す

G ベロシティベルトオーバースピードオープンステップスロー

ベロシティベルトを着用して後ろにはチューブをつけることで、チューブの牽引力によってトリプルエクステンション（出力）＆エクスターナルローテーション（外旋運動）のＲＦＤ（力の立ち上がり率）のスタート筋力が高まり、一気に爆発的な力を出す感覚を捉えることができる。また、３ｍ／ｓが出ているかを確認することも大切

① ベロシティベルトを着用して、後ろにはチューブをつけて引っ張る

② チューブの牽引力でオープンステップを爆発的に出し、その感覚を捉える

ベロシティベルトを着用して後ろにはチューブをつけることで、オープンステップを爆発的に出してその感覚を捉える

H ブレップベルトアクセラレーションオープンステップスロー

ブレップベルトを使い、テークバックのホップ反応のタイミングを捉える。ブレップベルトによって、トリプルエクステンション（出力）を強く出すことで、地面を押して重心を加速できると、その勢いでベルトが剝がれる

①ブレップベルトをつけて、レッグアップからテークバックを作り、傾斜反応でバランスを取る

②ホップ反応のタイミングで、一気にトリプルエクステンション（出力）でベルトの負荷に抵抗して地面を押して加速できたら、ブレップベルトも一気に外れる

トリプルエクステンションで一気に地面を押して加速できたら、ブレップベルトも一気に外れる

SトップWセパレイトポジション

まず、胴体のセパレイトポジションから説明します。オープンステップで、下胴が先にキャッチャー方向に先行して加速します。このとき上胴は動かずに残っているので、下と上が分割されていることから、これをセパレイト（分割）ポジションと呼びます。エネルギーを伝達する際にダメなことは、下半身のパワーを伝える前に

下半身と胴体の分割がひとつ目のセパレイトで、胴体と腕の分割がふたつ目のセパレイト。これをWセパレイトポジションと呼ぶ

上半身が先に行くことです。下半身がオープンステップをして、踏み込み足が接地する前に上半身が先行していては、下からのエネルギーが胴体に伝達することはないので、このセパレイトポジションの習得は必須です。

次にSトップポジションとは、踏み込み足が接地した際の利き手の位置のことで、肩の外転・外旋70~90°、水平外転45°、肘屈曲90°、前腕回内90°の位置です。この利き手の位置とグローブ側の手の位置が、アルファベットのSを横にした形なので、Sトップポジションと呼びます。

最後に、Wセパレイトポジションについて。

下半身で作ったエネルギーを上胴に伝え、次に腕にも伝えるためには、踏み込み足がついた際に下半身より胴体が後ろにあり、胴体よりも腕が後ろになくてはいけません。下半身と胴体の分割がひとつ目のセパレイトで、胴体と腕の分割がふたつ目のセパレイトとなり、これをWセパレイトポジションと呼びます。

SトップWセパレイトポジションを獲得するためのドリルは、次の通りです。

A マウンドウオーターバッグセパレイトポジション

ウオーターバッグを持って姿勢制御、重心制御を行いながらレッグアップポジションからテークバック。ホップ反応を捉えて軸足のトリプルエクステンション（出力）で地面を押し、キャッチャー方向へ一気に加速。下半身をオープンステップで先行回転して、上胴は30°後方回転を維持しながら接地し、前足のプレフレックス（事前収縮）とコーコントラクションの共同収縮でセパレイトポジションを作る

①マウンドでウオーターバッグを持つ

②ウオーターバッグが前に突っ込まないように、胴体を維持してオープンステップを行い、セパレイトポジションで止まる

ウオーターバッグが前に突っ込まないようにオープンステップを行い、セパレイトポジションで止まる

B 弓〜SトップWセパレイトポジション

テークバックでフルダウンしたボールの位置から、Sトップポジションの位置までボールを運ぶ腕の軌道を学ぶためのドリル。弓を引く動作が、まさにこの動きと類同しているので、実際に弓を用いて運動を学習する（アナロゴン※1）

※1　アナロゴン＝運動場面において、動きの発生や構造が類似した動きの例のこと

①腕を内旋して、弓を持って立つ
②そのままテークバック動作を入れながら弓を下げる
③オープンステップをする際、弓を引きながらSトップポジションを作る。弓を引き上げることで、正しい腕の軌道とWセパレイトポジションが出来上がる

▼

▼

弓を引きながらSトップポジションを作ることで、正しい腕の軌道とWセパレイトポジションが出来上がる

C ウオーターボールテークバック&WセパレイトSトップポジション

ウオーターボールを、レッグアップポジションで持ってテークバックポジションで止め、オープンステップで重心を加速して、WセパレイトSトップポジションで止まる

①ウオーターボールをレッグアップポジションで持つ

②テークバックポジションでコーコントラクションの共同収縮で止まる

③オープンステップからWセパレイトポジションで完全停止する

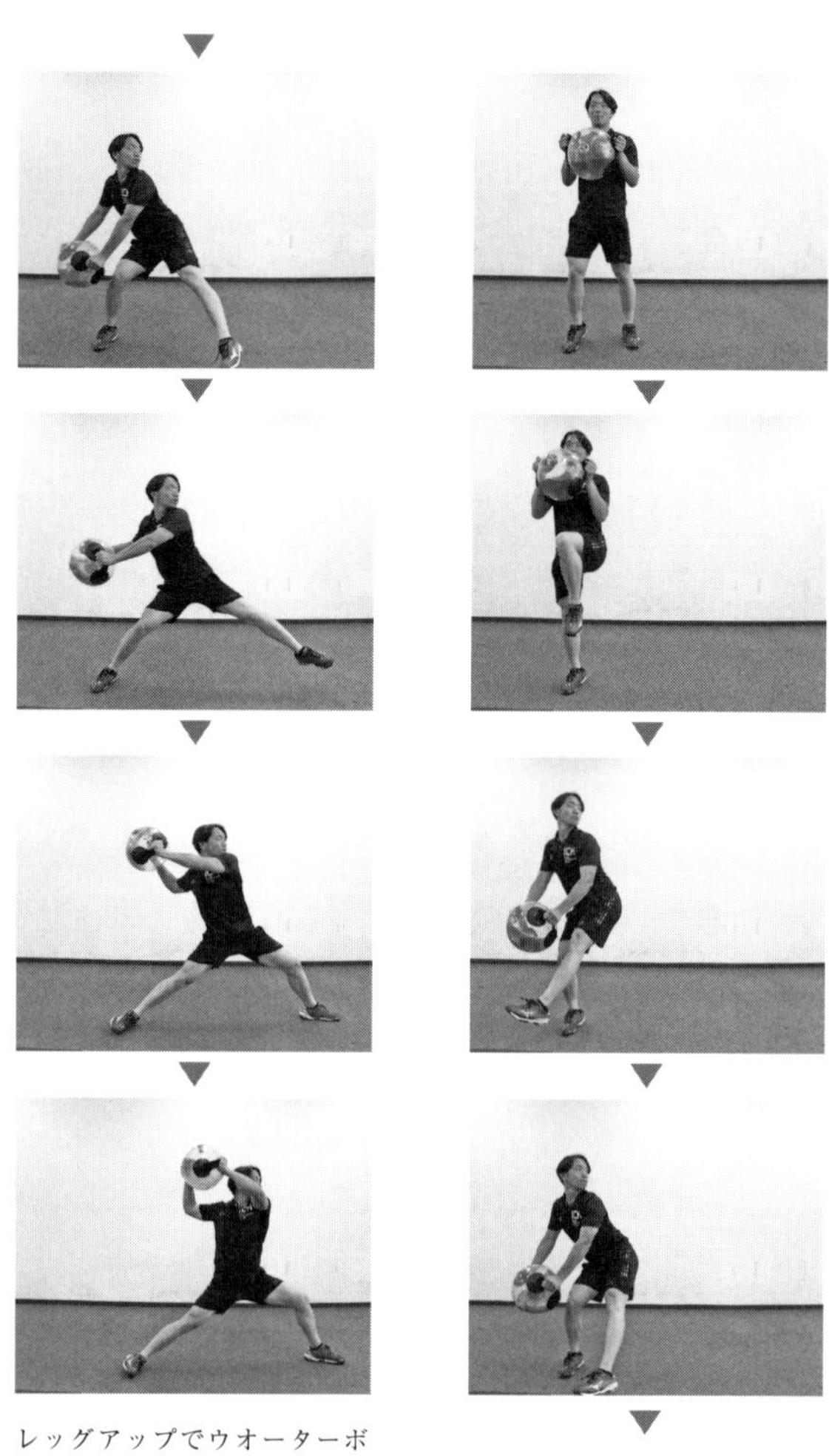

レッグアップでウオーターボールを持ってテークバックで止め、重心を加速してWセパレイトSトップで止まる

ブレーキ効果末端加速

並進運動している棒の下の部分にブレーキをかけると、重心速度はそのままで先端は倍のスピードで動きます。棒の写真を見ていただくと、並進運動を行っている棒の下を止めてブレーキをかけると、重心はそのままの並進速度で、円運動の半径の末端は倍のスピードが出ていくことが想像できると思います。

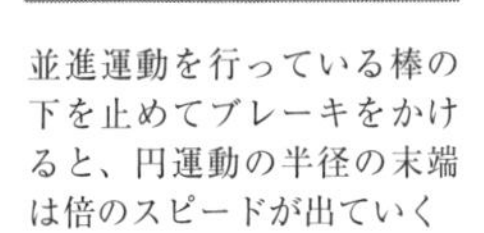

並進運動を行っている棒の下を止めてブレーキをかけると、円運動の半径の末端は倍のスピードが出ていく

並進運動しているところにブレーキをかけると、重心速度はそのままで先端は倍のスピードで動いていく

続けて写真を見ていただくと、移動している平面体のファイルの左下にブレーキをかけると、テープの貼ってある対角線にある右上末端が対角線の左下方向に回転運動しています。要はピッチングの前傾、左回転、左側屈の動作が出ているのです。

移動している平面体のファイルの左下にブレーキをかけると、右上末端が対角線の左下方向に回転運動していく

次に選手の写真を見ていただくと、左手で胴体右端をつかんでいます。ブレーキ効果で左下の踏み込み足が止まると、胴体の対角線の右上が前方、左回転、左側屈します。このとき、重心の速度を維持し続けることが大切で、下半身からのエネルギー伝達が効率よく行われます。

ブレーキ効果で左下の踏み込み足が止まると、胴体の対角線の右上が前方、左回転、左側屈する

これを、ブレーキ効果末端加速と呼びます。
ブレーキ効果のドリルには、次のようなものがあります。

A BOXドロップウオーターバッグブレーキ効果ローテーション

BOXの上に立って踏み込み足を踏み出すと、ブレーキ効果で利き手側の肩が前方回転していく。ウオーターバッグを持って外乱をかけることで、身体の制御も捉えていく

① BOXの上にウオーターバッグを持って立つ
② 踏み込み足のブレーキ効果で胴体が前方回転される
③ この際ウオーターバッグの外乱をきちんと制御して行う

踏み込み足のブレーキ効果で胴体が前方回転される際に、ウオーターバッグの外乱をきちんと制御して行う

B BOXドロップウオーターボールブレーキ効果リーチ

ウオーターボールを持って踏み込み足で胴体左下を止め、胴体右上を前方回転させて腕にエネルギーを伝達。肩の水平内転、内旋でエネルギーをフローする

①ウオーターボールを持って立ち、大きくステップを踏み出す
②平衡反応を用いて、胴体の左端部を踏み込み足で完全に固定することによって、ブレーキ効果で胴体の右上端部が前方回転して、肩の水平内転、内旋でそのエネルギーが伝達される。ウオーターボールがリーチ（腕を伸ばす）されることで、エネルギーの伝達をこのドリルによって捉える

C BOXドロップメディシンボールブレーキ効果スロー

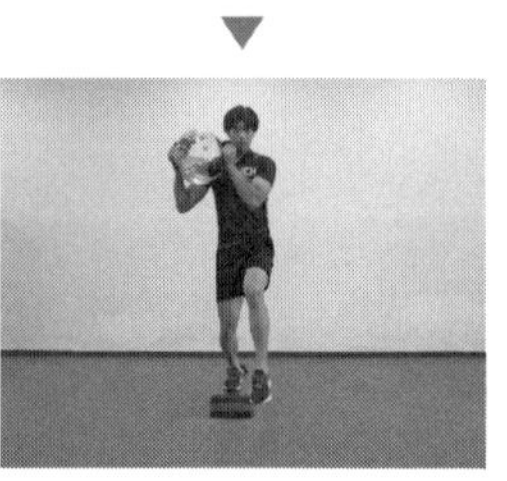

胴体右上を前方回転させて腕にエネルギーを伝達。肩の水平内転、内旋でエネルギーをフローする

ＢＯＸの上にメディシンボールを持って立つ。踏み込み足を踏み出し、ブレーキ効果の前方回転で胴体にエネルギーを伝達。さらに、肩の水平内転と内旋で腕にエネルギーをフローしてボールを投げる

① ＢＯＸの上にメディシンボールを持って立つ

② 大きく踏み出して、踏み込み足のブレーキ効果で胴体の右上端部を前方回転させる

③ 右肩の水平内転、内旋でボールにエネルギーをフローして投げる

踏み込み足のブレーキ効果で胴
体の右上端部を前方回転させ、
右肩の水平内転、内旋でボール
にエネルギーをフローして投げる

バックキックシーソー効果

シーソーの片側に力を入れて時速10㎞／hで下に移動させたら、逆側は上に10㎞／hで動きます。これは、ピッチングにも当てはまります。

Sトップポジションで踏み込み足を後ろに押し込むと（45°下から力が入るので水平方向には70％）、シーソー効果で上胴の右端が加速します。

Sトップポジションで踏み込み足を後ろに押し込むと、バックキックシーソー効果で上胴の右端が加速する

棒の片側に力を入れて時速10km/hで下に移動させると、逆側は上に10km/hで動く。これはピッチングにも当てはまる

A マウンドダンベルバックキック

マウンドから、ダンベルを持ってバックキックを加え、下肢の伸展を最大に出して関節力で上胴から腕までエネルギーをフローする

①マウンドから、踏み込み足にプレフレックス（事前収縮）を入れる
②バックキックを後上方向に出しきり、関節力で胴体、腕までエネルギーを伝達する

ダンベルを持ってバックキックを加え、下肢の伸展を最大に出して関節力で上胴から腕までエネルギーをフローする

B ウオーターバッグバックキック

バックキックで胴体の左下側を関節力で押し、シーソー効果で胴体の右上端を前方回転させ、エネルギーを右肩に流す動きを捉える

①セパレイトポジションでウオーターバッグを持つ
②バックキックを行い、シーソー効果で胴体の右上端部を一気に前方回転させる

▼

▼

バックキックを行い、シーソー効果で胴体の右上端部を一気に前方回転させる

▼

▼

▼

C バックキックSトップ胴体上端部つかみ加速アシストスロー

胴体の右上端部を左手でつかみ、バックキックのシーソー効果のタイミングと胴体が前方回転するタイミングと方向を捉え、そこに肩の水平内転を入れて腕にエネルギーをフローし、腕が振れる感覚を捉える。重心が前に行くタイミングで、平衡反応の足関節戦略によって膝の伸展と足関節の底屈のバックキックが出るよう、リズムで出力のタイミングを捉えていく

① Sトップの形を作り、胴体の右上を左手でつかむ

② 踏み込み足にプレフレックス（事前収縮）を入れて、バックキックのシーソー効果のタイミングで胴体の上端部をつかんで引っ張る。平衡反応の足関節戦略で前方回転させて、右肩に水平内転でエネルギーをフローして投げる

正面

バックキックのシーソー効果で胴体の上端部をつかんで引っ張り、右肩に水平内転でエネルギーをフローして投げる

D Sトップハードルドロップメディシンボール&プライオボールスロー

バックキックからリリースまでは0・15秒以内と高速動作であるため、ドロップジャンプの地面反力と同じ波形が出ている。そこで、ハードルを使って踏み込み足を大きく上げ、スイングレッグリトラクションで足を引き込んで筋を予備緊張させて、フットアボーブで地面を上から捉える。接地のタイミングに合わせて平衡反応の股関節戦略で踏み込み足が固定され、ブレーキ効果で重心移動の速度が加速して胴体の前方回転が出たら、一気に足関節戦略（バックキックのシーソー効果）でボールを投げていく。この際に、リズムとタイミングで動作を捉えていくことがポイント。また、軸足はヒップロックして、踏み込み足にきちんと体重移動していることもポイントになる。これを、メディシンボールとプライオボール（※1）で行う。

※1 プライオボール＝重さの異なるボールを投球することで、体幹を使った全身の動きを引き出すためのトレーニング用具

①Sトップポジションでハードルをまたぐ
②踏み込み足をドロップジャンプさせる
③タイミングを捉えて、一気にバックキックのシーソー効果で胴体を加速させて投げる

一気にバックキックのシーソー効果でボールを投げていく。リズムとタイミングで動作を捉えていくことがポイント

E Sトップハードルドロッププライオボールスロー

ハードルをまたいで踏み込み足を上げ、スイングレッグリトラクションで予備緊張させて、つま先接地で膝の伸展動作の出力が高く出るように踏み込み足を固めてドロップ。踏み込み足がフットアボーブで接地して、バックキックによるシーソー効果で一気に胴体の右上端部を前

方回転させ、上腕の水平内転、内旋でエネルギーをボールにフローしていく。平衡反応が出るように、リズムとタイミングで動作を捉えることがポイント

①Sトップポジションでハードルをまたぐ

②踏み込み足をドロップジャンプさせる

③タイミングを捉えて、一気にバックキックのシーソー効果で胴体を加速させ、腕の水平回転、内旋でエネルギーをフローしてプライオボールを投げる

バックキックのシーソー効果で胴体を加速させ、腕の水平内転、内旋でエネルギーをフローしてプライオボールを投げる

F ハードルウオーターボールブレーキ&シーソー効果スロー

両手でウオーターボールを持って、ハードルをオープンステップでまたぐ。ブレーキ効果とシーソー効果で胴体の右上端部を加速し、エネルギーを腕にフローさせてウオーターボールを振り込む

①レッグアップポジションを作る
②ハードルをオープンステップでまたぐ
③ブレーキ効果とシーソー効果で胴体を加速する
④ウオーターボールにエネルギーをフローする

ブレーキ効果とシーソー効果で胴体の右上端部を加速し、エネルギーを腕にフローさせてウオーターボールを振り込む

G マウンドウオーターボールエネルギーフロー

マウンドでウオーターボールを持ってレッグアップポジションを作り、テークバックからホップ反応のタイミングで、交差性伸展反射のオープンステップで重心を加速。踏み込み足の接地時に、平衡反応の股関節戦略によるブレーキ効果と、足関節戦略によるバックキックのシーソー効果で胴体を前方回転させる。Sトップの位置で腕が剛体化されているかについては、ウオーターボールが安定しているかどうかでわかる。そこから肩の水平内転、内旋で腕にエネルギーをフロー。胴体の回転の運動依存力で肘を伸展し、ウオーターボールを振り込む。マウンドから動作を反射、反応でつなげることが最も大切

①ウオーターボールを持ってレッグアップポジションを作る
②テークバックポジションを作り、傾斜反応でバランスを取る
③ホップ反応のタイミングで、オープンステップで重心を加速
④踏み込み足のブレーキ効果とシーソー効果で、胴体を前方回転させる
⑤肩の水平内転と内旋動作と肘の伸展で、ウオーターボールにエネルギーをフローする

肩の水平内転と内旋動作と肘の伸展で、ウオーターボールにエネルギーをフローする

ショルダーラリアット（水平内転）スロー

胴体のエネルギーを上腕にフローするためには、肩の水平内転の動作が必須です。これがプロレスのラリアット動作と類似しているので、ラリアットからコツをつかませていきます。

胴体のエネルギーを上腕にフローするためには、肩の水平内転の動作が必須

A 紙コップラリアットスロー

Sトップを作って紙コップに水を入れ、胴体の回転のタイミングでラリアット動作を入れる。水平内転の動作が出ず先にコップが動くと水が後ろにこぼれるので、エネルギーが胴体から上腕にうまく伝わっているかどうかがわかる

① Sトップポジションで紙コップに水を入れて持つ

② 胴体の回転と同時に、肩の水平内転を入れてラリアット動作で投げる

Sトップポジションで紙コップに水を入れて持つ。胴体の回転と同時に、
肩の水平内転を入れてラリアット動作で投げる

ショルダーインターナルローテーション（内旋）スロー

ショルダーインターナルローテーションスローでは、SトップWセパレイトポジションから胴体の前方回転を行い、ラリアット動作で胴体から腕にエネルギーをフローしていきます。ボールは後ろに残るので、最大外旋位が出てエネルギーは前腕まで伝達されます。

それを肩の内旋（インターナルローテーション）で、腕のエネルギーを後ろに残ったボールに伝達させていくことでリリースしていきます。球速の出るピッチャーは、この内旋の角速度、パワー、トルクのすべてが高く、内旋の出力を引き出す広背筋も強く働いています。ですから、球速の出るピッチャーは背筋力が強いということもわかります。また、内旋の出力はリリースまで出続けますから、腕は最後まで振り切ることも大切です。

内旋の出力はリリースまで出続けるので、腕は最後まで振り切ることが大切

A ショルダーインターナルローテーションストレッチショートニングサイクル（SSC）プライオボールスロー

トランポリンを下に置き、胴体を45°前傾してインターナルローテーション（肩の内旋）でプライオボールを投げる。その際に跳ねて戻ってきたプライオボールを、肩甲胸郭関節と腕を剛体化してエネルギーが逃げないようにキャッチし、肩の内旋で真下にあるトランポリンにプライオボールを投げる

①トランポリンを下に置き、胴体を45°前傾した状態でIP（胸腔内圧）を高め、肩甲胸郭関節を安定させた位置を作ったまま、プライオボールをトップの位置で持つ

②トランポリンにインターナルローテーションスローして、キャッチの際に肩がボールの反動で外旋されるので、肩を内旋させて投げる

▼

▼

肩の内旋で真下にあるトランポリンにプライオボールを投げる

▼

▼

▼

B ペットボトルインターナルローテーションスロー

ペットボトルに水を入れ、ラリアット動作から肩の内旋でブンと振り込む

①水が入ったペットボトルを最大外旋位の位置に持ってきて、インターナルローテーション（肩の内旋）を確認する

②胴体の前方回転が出てから肩の水平内転、肩の内旋、そして肘の伸展で下からのエネルギーが伝達され、ペットボトルの水の慣性で気持ちよく腕が振れる

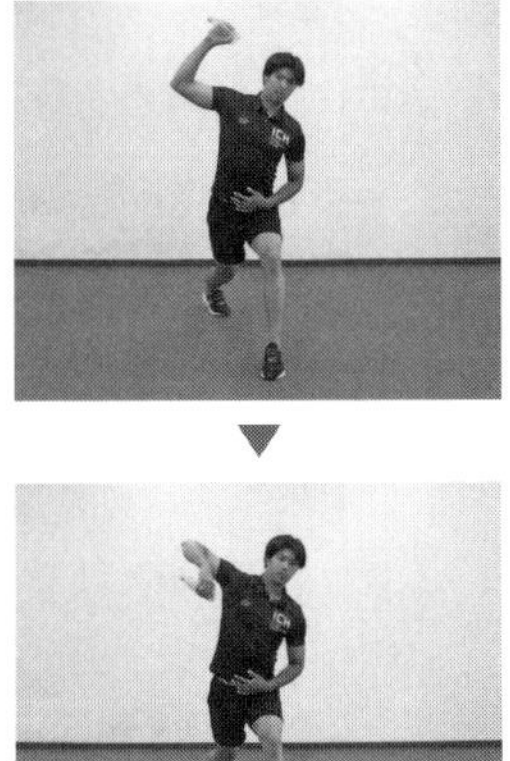

▼

水が入ったペットボトルを最大外旋位の位置に持ってきて、肩の内旋を確認する

C プライオボール連動インターナルローテーションスロー

軸足を前に出して胴体を後方に回転させることで、SトップWセパレイトポジションを意図的に作り、ラリアット動作、インターナルローテーション（肩の内旋）、スナップスローでボールにエネルギーを連動してプライオボールを投げる

① プライオボールを持った状態から軸足を前に出し、胴体が後方回転してSトップポジションを作る

② 胴体を前方回転させてラリアット動作を出し、次に肩を内旋させることでボールにエネルギーの伝達が行われて、投球動作の連動性を捉えることができる

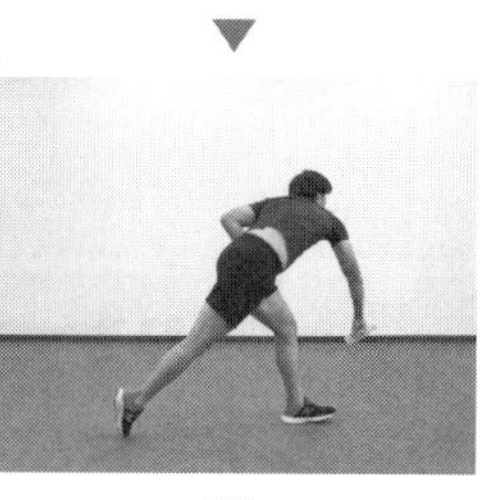

ラリアット動作から、肩の内旋で腕を強く振り込む

ラリアット動作、肩の内旋、スナップスローでボールにエネルギーを連動し、プライオボールを投げる

D ミニボールインターナルローテーションスロー

Sトップ W セパレイトポジションを作り、ミニボールを肘の内側で挟む。ラリアットで身体が正面を向いたタイミングで、インターナルローテーション（肩の内旋）によって腕が振れて、ミニボールが肘の間から抜けて真っ直ぐに飛ぶ

① Sトップの位置で、ミニボールを腕の間（肘の内側）に挟む

② 胴体を前方回転させてラリアット動作を出し、最後は肩の内旋と肘の伸展で下からのエネルギーが伝達されると、挟んでいたミニボールを真っ直ぐ投げることができる

肩の内旋と肘の伸展で下からのエネルギーが伝達されると、挟んでいたミニボールを真っ直ぐ投げることができる

E ミニボールエネルギーフロー

ミニボールを肘の内側で挟み、レッグアップから下半身の連動を入れて胴体の前方回転、肩の水平内転から内旋を行う。下半身からエネルギーが漏れることなく、下と上が連動していればミニボールを真っ直ぐ投げられる

①ミニボールを肘の内側に挟む

②ピッチング動作を行う

③うまくできていれば、真っ直ぐミニボールが投げられる

下半身からエネルギーが漏れること
なく、下と上が連動していればミニ
ボールを真っ直ぐ投げられる

リリーススナップスロー

最大外旋位から肩が内旋し、胴体の回転の運動依存力で肘が伸展し、手首のスナップスローにおいて指の第1関節でボールがフックされ、最後にボールが抜けないことでエネルギーが完全に伝達されます。そのためには、次に説明するフック、フッキング、スリッピング、スパイクといったスキルが必要になってきます。

そして、リリースポイントは必ず胴体の横で伸びきって、円の半径が最も長いところでボールを離すことが、球速とコントロールを身につけるための最大のポイントになります。

そこで、それぞれの用語解説や身につけるためのドリル等を、次に示していきます。

リリースポイントは必ず胴体の横で伸びきって、円の半径が最も長いところでボールを離すことが最大のポイント

A フック＝把持力＋握力

まずボールを、MP関節（指の付け根）で把持（しっかり持つ）してから、DIP（第1関節）とPIP（第2関節）で握り、指フックを縫い目にかける（能動性握力）。DIP（第1関節）とPIP（第2関節）の握る角度は、90～110°の屈曲だと一番力が出る。そして引っ張った際に、フックがかかっていてボールが抜けないかを確認する（受動性握力）

①母指と薬指、小指の対立運動で挟み、人差し指、中指のMP関節（指の付け根）で指を屈伸する

②母指と薬指、小指の対立運動を作り、人差し指、中指は把持（ピンチ動作）しながらボールを握る

③DIP（第1関節）、PIP（第2関節）で握る（フック）

④ボールを引っ張っても抜けないかを確認

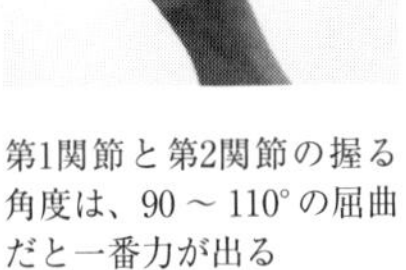

第1関節と第2関節の握る角度は、90～110°の屈曲だと一番力が出る

B フッキング

写真は155km/hを投げるピッチャー。指先を見ると、遠心力でボールが転がってきて、デコピン作用でPIP（第2関節）が伸展。同時にDIP（第1関節）が90°屈曲し、ボールが抜けないようにしている（フック）。この際、100N（ニュートン ※1）の力が出ている。最終的にここまでできていないと、

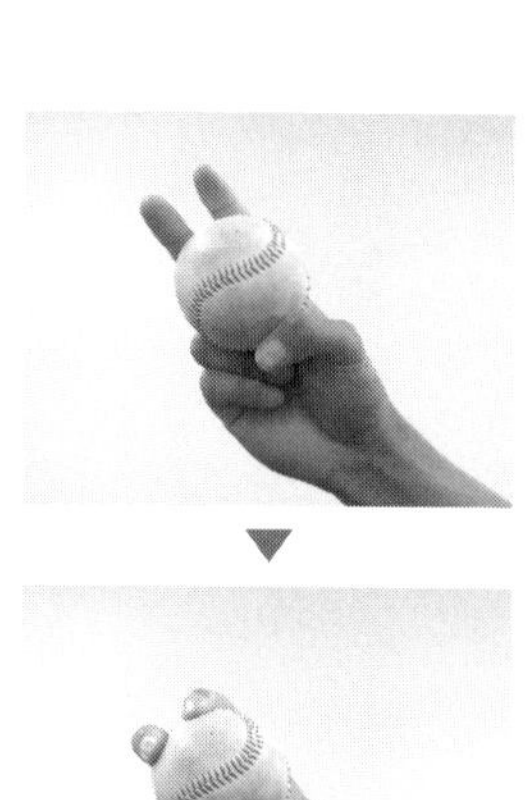

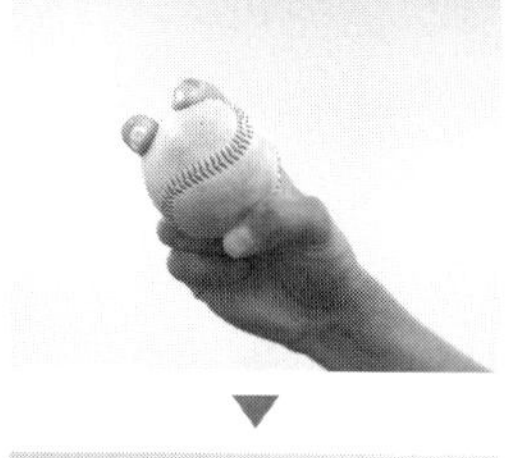

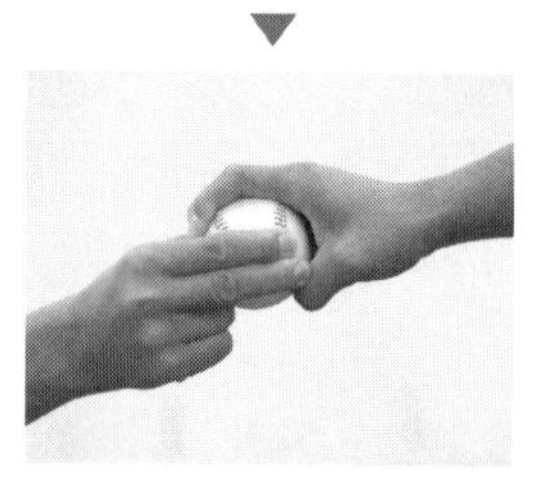

第1関節と第2関節で握り、ボールを引っ張っても抜けないかを確認

指先を見ると、第2関節が伸展。同時に第1関節が90°屈曲し、ボールが抜けないようにしている

ボールが抜けてしまって球速は出ない。

※1 N＝ニュートンは力の大きさを表す単位で、100Nは10kgの重りによる力とほぼ同じ大きさ

①母指と人差し指、薬指の対立運動を作り、人差し指、中指は把持する

②ケーブルマシンにフィンガーグリップをつけて、DIP（第1関節）で握ってフックの形を作る

③リリースの瞬間、MP関節（指の付け根）のピンチ動作（指先のつまみ動作）で力が加わる。この際、重さに負けてDIP（第1関節）が伸び、フックがほどけることのないようにする

リリースの瞬間に第1関節が伸び、フックがほどけることのないようにする

C スリッピング

スリッピングとは、フリスビーの熟練者のテクニックでも見られる、投げる瞬間にフリスビーの下に手を滑らせて鞭動作のようにスナップを利かせる動き。このテクニックで回転が加わり、飛距離が2倍ほど伸びる。最終的には、Sトップポジションからのスリッピングを行う。最大外旋位が出る際にボールは後ろに残るので、関節力によって手首、指は背屈されてスリッピングができる

① 小さなフリスビーを持つ
② スリッピングを入れて投げる
③ 横投げで投げる

小さなフリスビーを持つ

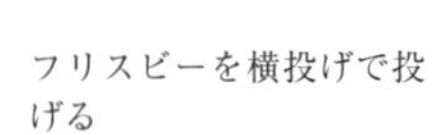

フリスビーを横投げで投げる

④縦投げで投げる

⑤Sトップポジションから投げる

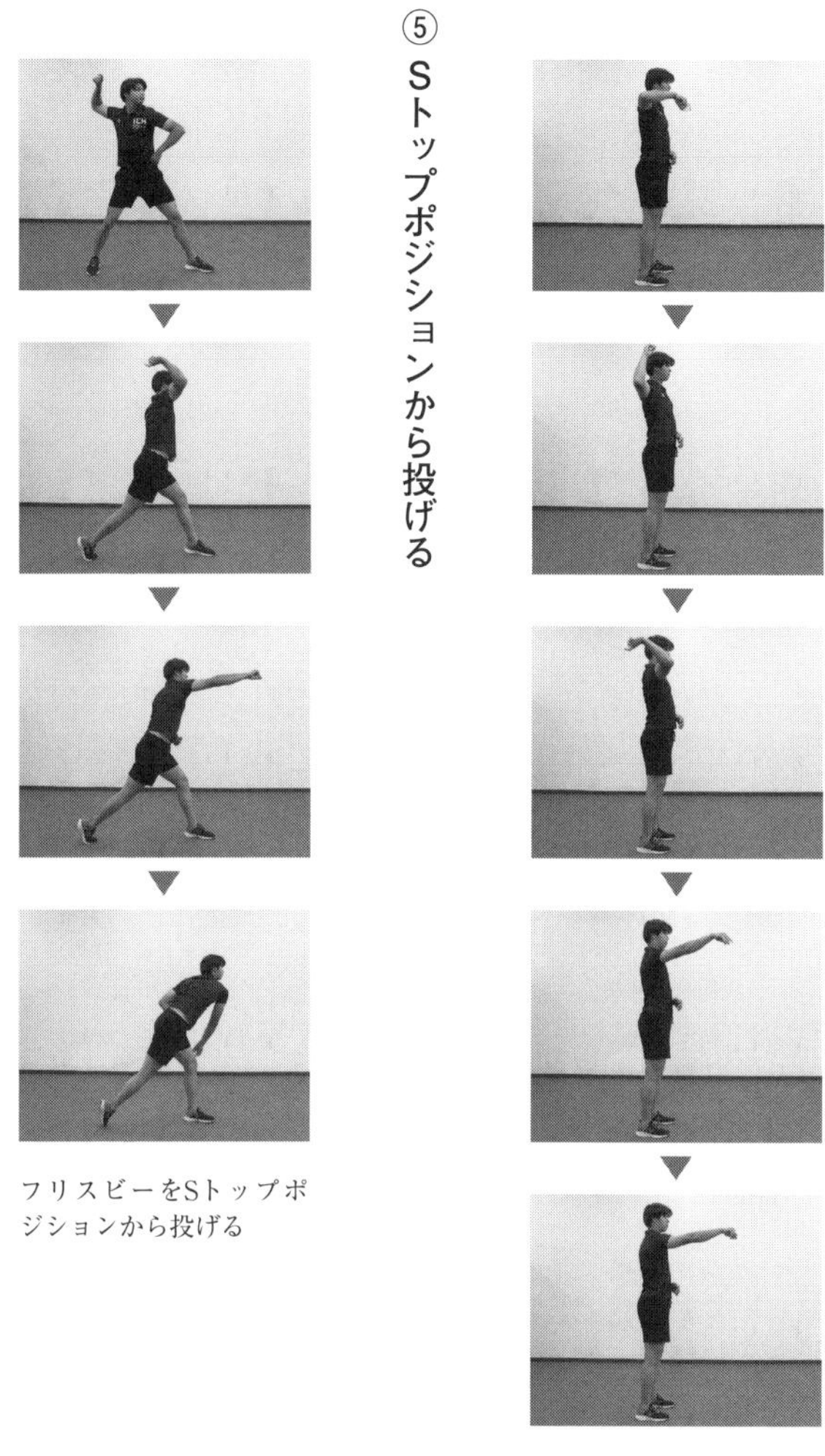

フリスビーを縦投げで投げる

フリスビーをSトップポジションから投げる

D スパイク

スパイクとは、下にボールを強く打ちつけるという意味で、バレーボールの運動連鎖のテクニック。これは、肩の内旋からの運動連鎖がなくてはできないスキルで、投球時のリリースのスキルと類似している。投球では、加速期における肩の内旋動作は必須だが、リリースの際に遠心力で上に抜けようとするボールを上から下に叩きつけるスパイクの動作で力を加え、指のエネルギーがボールに伝達される際に抜けてロスすることを防がないといけない

①バレーボールを上にトス

②そのボールをスパイクする際には、肩の内旋動作を使って肘がその運動依存力で伸展、回内する。スリッピングから下にボールを叩きつけることで、肩の内旋の運動連鎖からボールにエネルギーを運動させ、最後に叩きつける運動感覚を自身で捉えていく

上から下に叩きつけるスパイクの動作で、指のエネルギーがロスすることを防ぐ

E 紙鉄砲パチンスロー

下半身での並進エネルギーを胴体の回転エネルギーにフローして、肩の水平内転のラリアット動作で上腕に伝達。肩を内旋させるバレーボールのスパイク動作において、スリッピングからスナップスローで指先までエネルギーが伝達されていたら、紙鉄砲がパチンと胴体の横で気持ちよく鳴ってくれる

①紙鉄砲を持つ
②Sトップを作って胴体から末端までうまく連動させれば、パチンと気持ちよく音が鳴る
③②の動作に下半身の連動も加える

スリッピングからスナップスローで指先までエネルギーが伝達されていたら、紙鉄砲がパチンと気持ちよく鳴る

地面反力と投球と垂直跳び

Ｐ１３４のグラフ①は、投球における地面反力を示しています。ボールのスピードを出すための地面反力のポイントは、次のふたつです。

① 軸足のY方向への地面反力と力積
② 踏み込み足のY方向への地面反力と力積

地面反力を見てわかることは、たくさんあります。Z方向（上下）を見ればどこで体重が乗っているかがわかりますし、とくに軸足の力の入れ方のピークが来る順番を見れば、Z方向が最初で、テークバックで受け止めてからY方向（前後）が出てキャッチャー方向へと加速し、踏み込み足の接地前にX方向（左右）が立ち上がっていて、ここで下半身が回転しているのが見てとれます。セグメントトルクと関節力で、上胴にエネルギーをフローしていることがよくわかると思います。

グラフ①

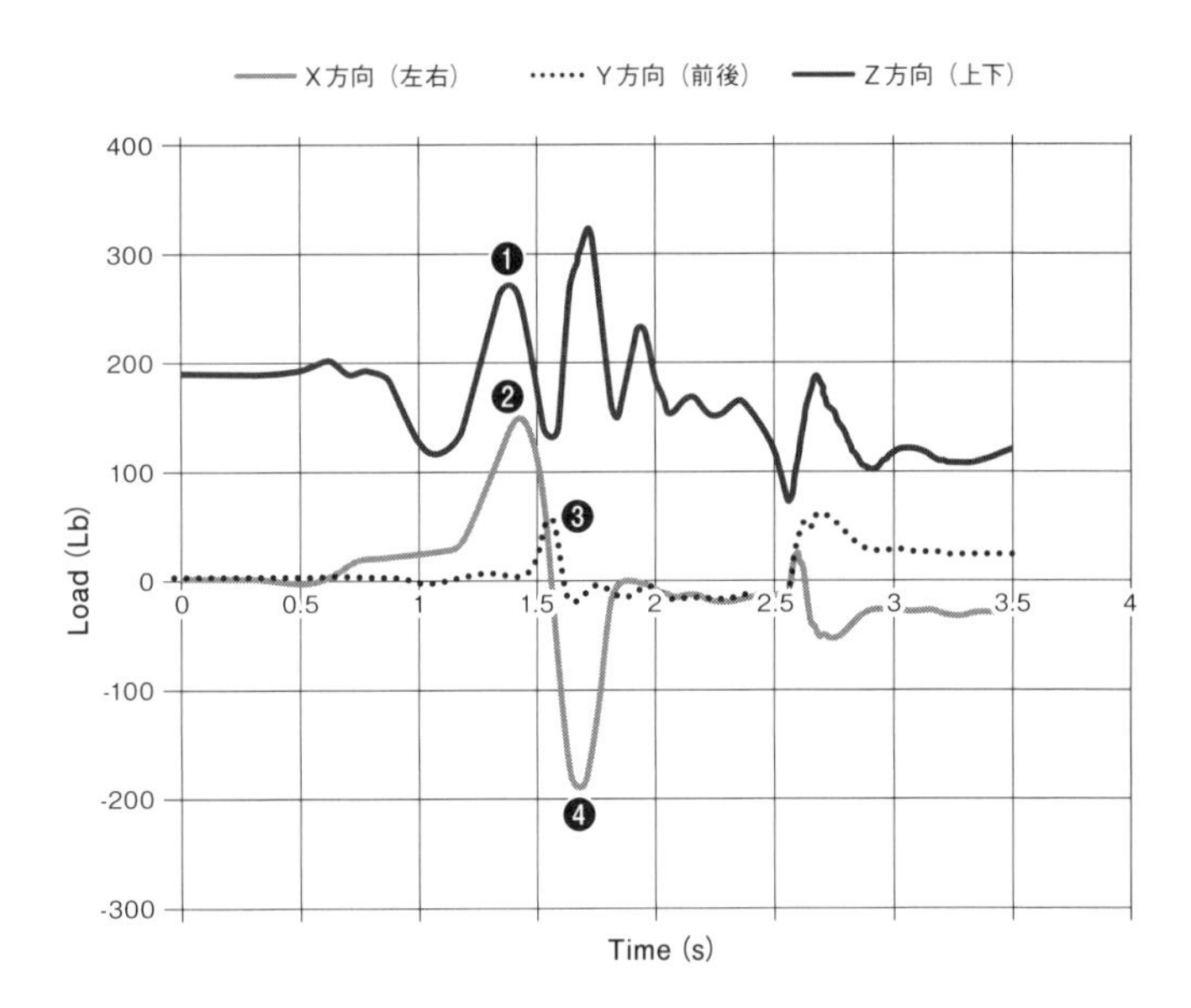

❶ テークバックフルボトム
❷ トリプルエクステンションスタート
❸ トリプルエクステンションで踵が離れてオープンステップ
❹ 踏み込み足によるバックキック

次に、P136の図①を見てください。垂直跳びにおける地面反力を示しているのですが、抜重して重心が下がり、地面反力がマイナス方向に出ます。次に、パワーポジションで止めたタイミングで地面反力が上がり、そのままエキセントリック局面からコンセントリック局面への素早い切り返しによって、トリプルエクステンション（出力）で地面を押し続ければ、力積が大きくなって強い地面反力が得られます。

次の地面反力の図②は、台から落ちるドロップジャンプをしているものです。上から身体が落ちてきますから、受け止めるために一瞬で大きな地面反力を棘のように出して、足首を固めて反動で出力しているのがわかります。

最後の地面反力のグラフ②は、154km／hのピッチャーの投球時のものです。濃い線が軸足で、軸足の地面反力です。これを見ると、垂直跳びの地面反力と同じような波形をしていることがわかります。そして、薄い線は踏み込み足の地面反力で、ドロップジャンプと同様に棘のような形をしています。

これらを踏まえると、ピッチャーはバーチカルジャンプ（垂直跳び）とドロップジャンプの能力が必要になることがわかります。そしてその能力を、投球動作の力発揮や構築に結びつけていかなくてはいけません。

図①

図②

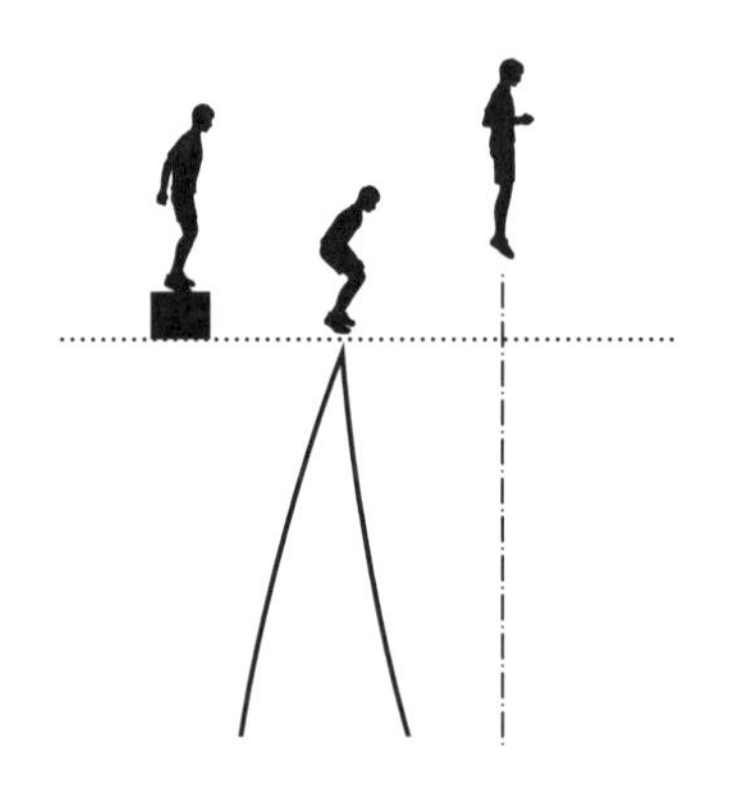

ドロップジャンプ

グラフ②

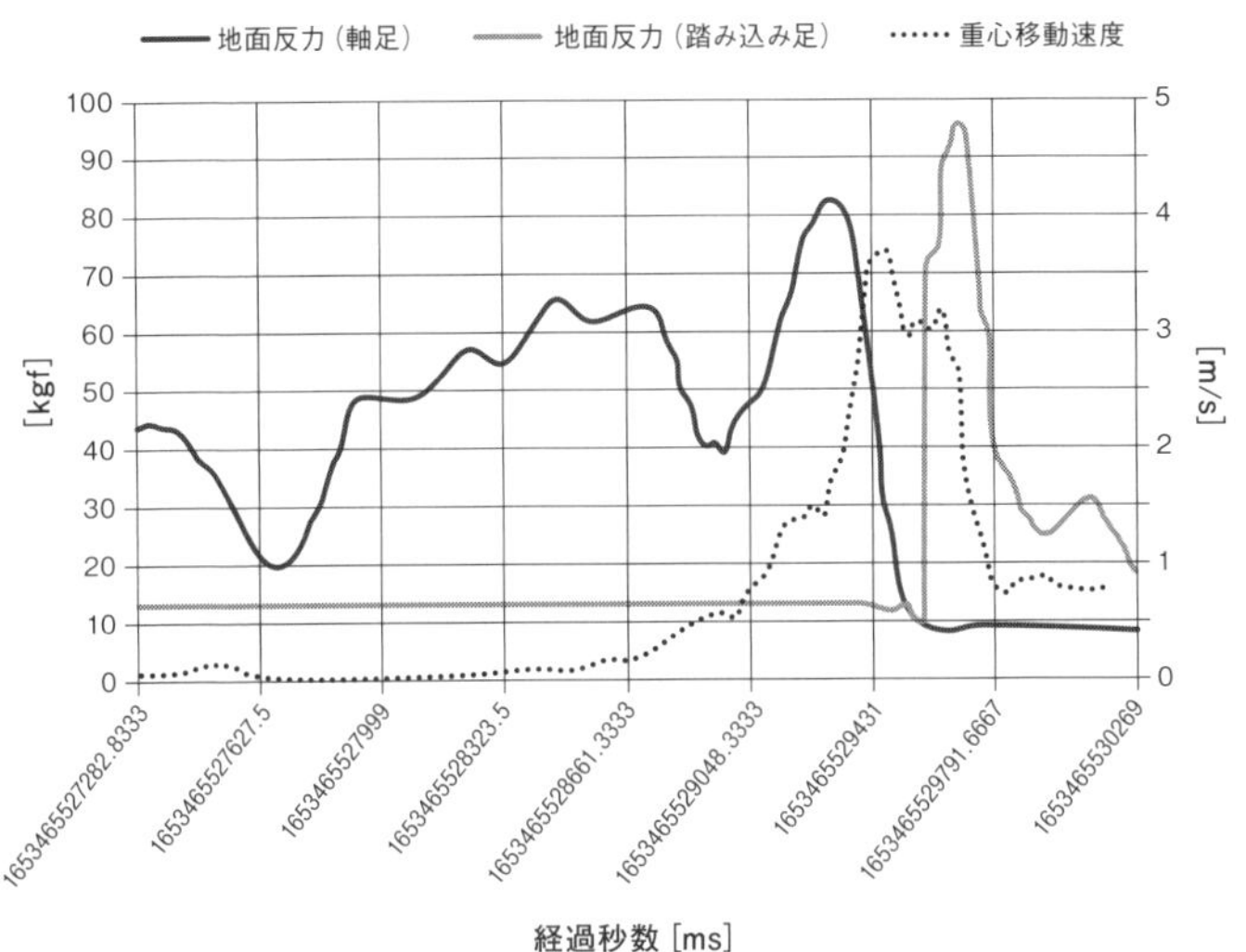

地面反力（軸足）
地面反力（踏み込み足）
重心移動速度
100
90
80
70
60
50
40
30
20
10
0
[kgf]
5
4
3
2
1
0
[m/s]
1653465527282.8333
1653465527627.5
1653465527999
1653465528323.5
1653465528661.3333
1653465529048.3333
1653465529431
1653465529791.6667
1653465530269
経過秒数 [ms]

地面反力計

インディゴコンディショニングハウスでは、150㎞／hのピッチャーの垂直跳びの数値が80㎝、重心移動速度3・0m／sの平均値が取れています。

垂直跳びの速度は約4・0m／s。ピッチャーの重心移動速度は3・0m／sですが、このうちの1・0m／sは抜重で生まれるため、残り2・0m／sは軸足（片足）の地面反力で出していることになります。両足の垂直跳び4・0m／sの半分の2・0m／sを片足で出しているので、150㎞／hを投げるためには垂直跳び80㎝が必要なのがわかります。

それでは、ピッチャーの球速向上に必要なノンカウンタージャンプ、カウンタージャンプ、バーチカルジャンプのやり方や、これらの能力を投球動作の力発揮や構築に結びつけるためのドリルを、いまから紹介していきます。

A ノンカウンタージャンプ

トリプルエクステンション（出力）で大きな力積を作り、地面反力で高く跳ぶ

① 腰に手を当てて、パワーポジションを作る

② トリプルエクステンションを一気に大きく出力して、地面を押してジャンプする

腰に手を当てたパワーポジションから、一気に大きく出力してジャンプする

B カウンタージャンプ

立った状態から抜重で重心を下げて地面を捉え、地面反力で重心を止めてSSC（反動動作）によってトリプルエクステンションの出力を上げて高く跳ぶ

①腰に手を当てて立つ

②抜重でパワーポジションを作り、SSC（反動動作）でトリプルエクステンションを一気に大きく出力し、地面を押してジャンプする

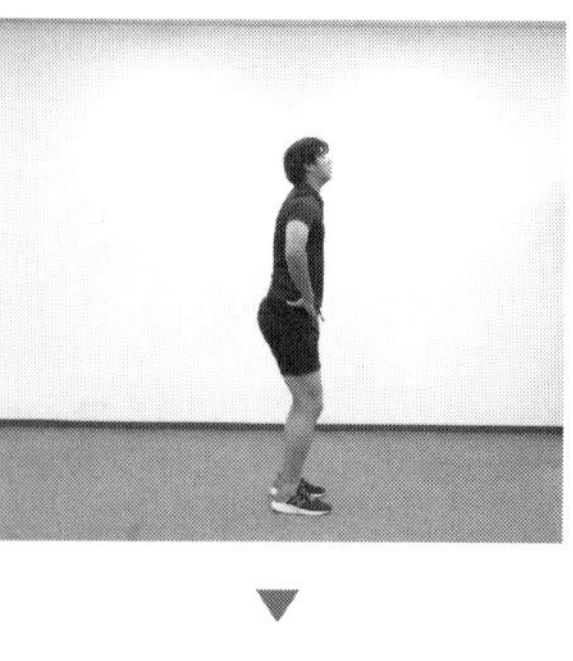

▼

▼

▼

立った状態から抜重で重心を下げ、地面反力で重心を止めて反動動作によって出力を上げて高く跳ぶ

C バーチカルジャンプ

立った状態から腕を大きく振り上げ、抜重で重心を下げて地面反力を出す。次のトリプルエクステンション（出力）とSSC（反動動作）と腕の振り込み動作で、より地面を強く押して高く跳ぶ

①立った状態から腕を振り上げる

②腕を大きく振り込み、反動動作でトリプルエクステンションを一気に大きく出力して、地面を押してジャンプする

腕を大きく振り込み、反動動作で一気に大きく出力して、地面を押してジャンプする

D バトルロープジャンプ

バトルロープ（※1）を使うことで、腕の振り込み動作を鍛えることができる

※1　バトルロープ＝綱引きに使うような太くて長いトレーニング用ロープ

① **バトルロープを持ってパワーポジションを作る**

② **一気にバトルロープを上に振り上げて、トリプルエクステンション（出力）で強く地面を押して跳び上がる。**

一気にバトルロープを上に振り上げて、強く地面を押して跳び上がる

E ストレングスチューブアシストリバウンドジャンプ

ストレングスチューブを上から引っ張り、その戻る勢いを使ってリバウンドジャンプで速く跳び上がる感覚をつかむ

①ストレングスチューブを上にくくって手に持つ

②リバウンドジャンプのタイミングで、チューブの牽引を利用して上に加速する

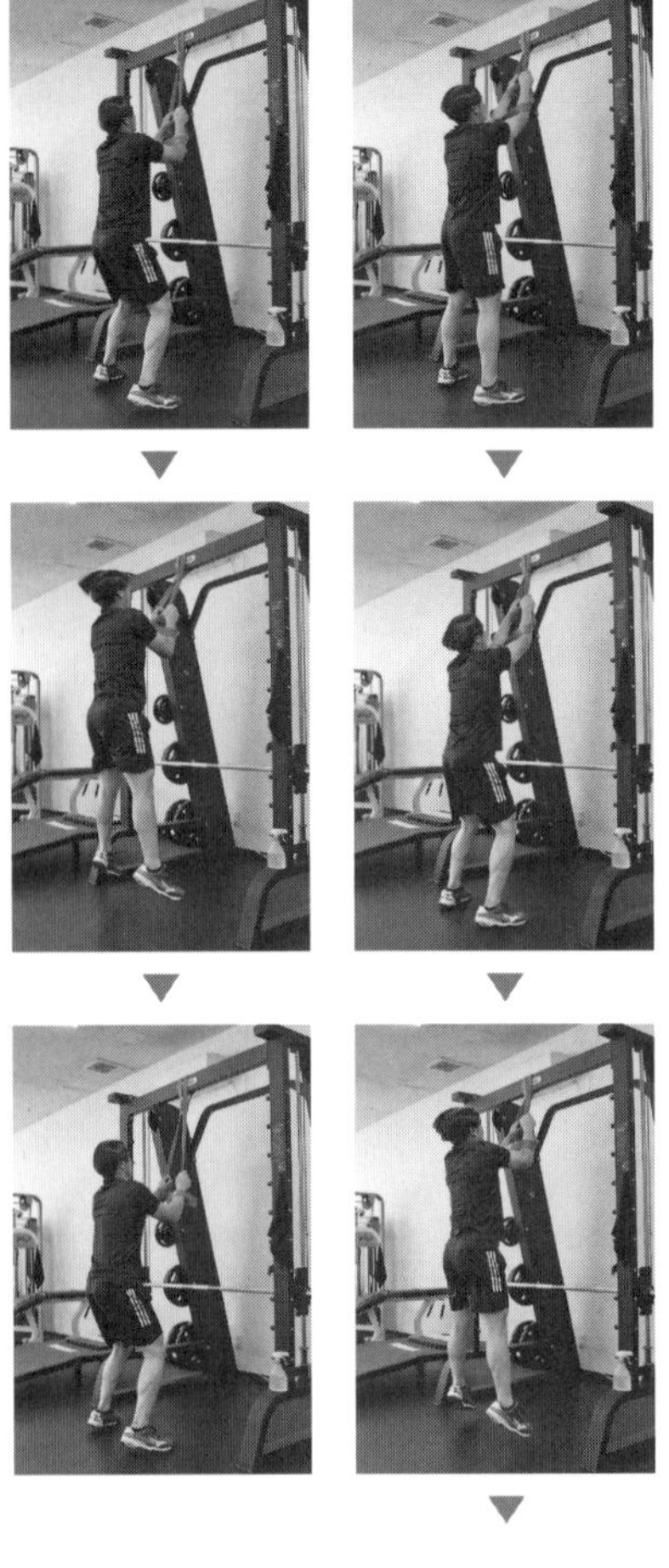

ストレングスチューブを上から引っ張り、その戻る勢いを使ってリバウンドジャンプで速く跳び上がる感覚をつかむ

F ハードルオーバーストライドメディシンボールスラムスロー＆プライオボールスロー

レッグアップポジションから抜重で前下方向に進み、ホップ反応のタイミングで軸足のトリプルエクステンション（出力）と交差性伸展反射で地面を押し、ヒップロックで骨盤帯を安定させてハードルをオープンステップでまたぐ。ハードルを遠くに置くことでステップの幅が広がり、地面反力をより強く捉えて重心移動速度を速く出すことができる。踏み込み足の接地をフットアボーブで地面を上から捉え、ドロップジャンプのタイミングでバックキックのシーソー効果とブレーキ効果によって上胴にエネルギーをフロー。ラリアットで腕にエネルギーを伝達して、インターナルローテーション（肩の内旋）でボールにエネルギーをフローして投げる。これで、大きな地面反力を捉えることができる

① 軸足でパワーポジションを作り、交差性伸展反射でトリプルエクステンション（出力）を出す
② ヒップロックしながらハードルをまたぐ
③ フットアボーブのタイミングでバックキックを出す
④ 胴体にエネルギーをフローする
⑤ ラリアットとインターナルローテーション（肩の内旋）でボールを投げる

メディシンボールを持ち、ハードルをまたいでバックキックを出す。胴体にエネルギーをフローしてボールを投げる

次は、プライオボールで同様に行う。大きな地面反力を捉え、肩の内旋でエネルギーをフローして投げるのがポイント

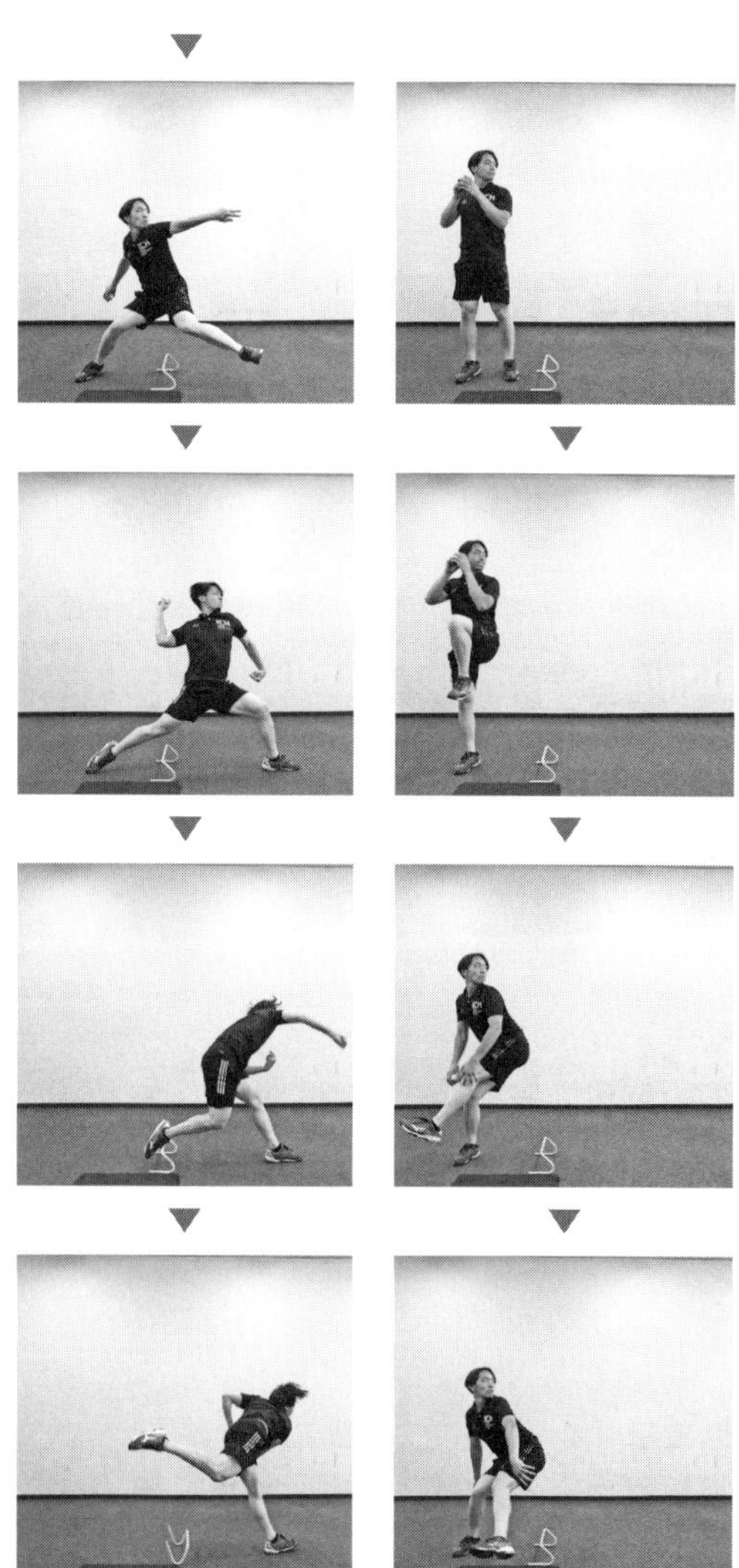

G BOXドロップハードル オーバーストライドステップウオーターバッグ

ＢＯＸから降りることによって、より強い地面反力でテークバックポジションを作り、ハードルをオープンステップで越える。次に踏み込み足では、棘型の地面反力で一気に胴体が前方回転することで、胴体までのエネルギーフローの感覚を捉える

①ＢＯＸの上でウオーターバッグを持ってレッグアップする
②ＢＯＸから抜重して、テークバック
③ハードルをオープンステップでまたぐ
④踏み込み足のバックキックの連動から胴体が前方回転して、エネルギーがフローされる

強い地面反力でテークバックを作り、ハードルをオープンステップ。踏み込み足では、胴体までのエネルギーフローの感覚を捉える

H ＢＯＸドロップハードル
オーバーストライドウオーターボールスロー

先ほど示した地面反力の力で、投球動作を正しく行いエネルギーがボールに伝達されていれば、この動きが完璧にできる。その確認のためのドリル

①ウオーターボールを持ってＢＯＸの上に立つ
②レッグアップで地面反力を出す
③ＢＯＸから抜重してテークバックすることで、さらに地面反力が出る
④ハードルを越えてオープンステップ
⑤着地から地面反力が出て姿勢を制御し、バックキックで上胴が前方回転
⑥ラリアットで腕にエネルギーがフローされ、内旋でウオーターボールが振られる

着地から地面反力が出て、バックキックで上胴が前方回転。
腕にエネルギーがフローされ、内旋でウオーターボールが振られる

I　BOXドロップハードルメディシンボールスラムスロー

ＢＯＸの上にメディシンボールを持って立ち、ＢＯＸダウンの際に地面反力を捉え、傾斜反応でバランスを取ってテークバックポジションを作る。ホップ反応のタイミングでハードルをオープンステップでまたぎ、フットアボーブで踏み込み足の地面反力を捉えて姿勢を制御。バックキックでは、ブレーキ効果とシーソー効果で胴体を前方回転させてエネルギーをフローし、肩の水平内転、内旋の動作で腕にエネルギーを伝達。スナップスローでメディシンボールにエネルギーをフローして投げる

①BOXの上にメディシンボールを持って立つ
②レッグアップポジションを作る
③BOXダウンして地面反力を捉え、傾斜反応でテークバックポジションを作る
④オープンステップでハードルを越える
⑤シーソー効果とブレーキ効果で胴体を前方回転させる
⑥肩の水平内転と内旋で、メディシンボールにエネルギーをフローして投げる

シーソー効果とブレーキ効果で胴体を前方回転させ、
肩の水平内転と内旋でエネルギーをフローして投げる

J BOXドロップハードルスロー

先ほど示した地面反力の力で投球動作を行い、正しくエネルギーがボールに伝達されていれば、この動きが完璧にできる。その確認のためのドリル

①BOXの上に立つ
②レッグアップ
③BOXから抜重してテークバック
④ハードルを越えてオープンステップ
⑤バックキックの効果末端加速スロー
⑥ラリアットで腕にエネルギーがフローされて指先が加速される

地面反力の力で投球動作を行い、正しくエネルギーが
ボールに伝達されていれば、この動きが完璧にできる

全身の連動（パーフェクトエネルギーフロー）

軸足のトリプルエクステンション（出力）で地面反力を強く出し、重心を加速して大きな力学的エネルギーを作る。踏み込み足の平衡反応のブレーキ効果と、バックキックのシーソー効果で上胴にエネルギーをフロー。ラリアットで腕にエネルギーを伝達して、インターナルローテーション（肩の内旋）とスナップスローでボールにエネルギーを伝達して投げる

A ＢＯＸドロップハードルオープンステッププライオボールスロー

ＢＯＸに立って体重がきちんと軸足に移動していれば、体重分の地面反力が出てレッグアップポジションをキープできる。ＢＯＸから抜重で降りてテークバックポジションを捉え、ハードルをオープンステップで越えることによって次の地面反力が出る。最後に、踏み込み足をフットアボーブでさらなる地面反力を捉え、身体を制御しながらＷロケット効果で胴体が前方回転。ラリアットで腕にエネルギーをフローして、インターナルローテーション（肩の内旋）に

よってボールにエネルギーを伝達する

①ＢＯＸの上でプライオボールを持ってレッグアップする

②ＢＯＸから抜重でテークバックポジションを捉える

③ハードルをオープンステップでまたぐ

④踏み込み足のバックキックの連動から胴体が前方回転

⑤肩のラリアットとインターナルローテーション（肩の内旋）で、プライオボールにエネルギーをフローする

踏み込み足のバックキックの連動から胴体が前方回転。
肩のラリアットと内旋で、プライオボールにエネルギーをフローする

B マウンドハードルオープンステッププライオボールスロー

マウンドにレッグアップで立ち、抜重でテークバックを捉えてホップ反応のタイミングでは、トリプルエクステンション（出力）で地面を押して大きな地面反力で重心を加速。体重移動してハードルをまたぎ、スイングレッグリトラクションで予備緊張を入れる。踏み込み足は、フットアボーブで地面反力を捉えてバックキックを強く出す。身体を制御しながら、シーソー効果とブレーキ効果で胴体にエネルギーを伝達。肩の水平内転で腕にエネルギーをフローし、インターナルローテーション（肩の内旋）、スナップスローでエネルギーを伝達してプライオボールを投げ、きちんとストライクを投げられるようにしていく

①マウンドにレッグアップで立ち、テークバックではホップ反応でオープンステップして、ハールをまたぐ
②踏み込み足では上から地面反力を捉えて（フットアボーブ）、身体を制御する
③バックキックから、シーソー効果とブレーキ効果で胴体にエネルギーを伝達する
④ラリアットで、腕にエネルギーをフローする
⑤インターナルローテーション（肩の内旋）で、ボールにエネルギーを伝達する
⑥スナップスローで指がフックされていたら、きちんとボールを投げることができる

▼

肩の内旋とスナップスローでエネルギーを伝達して、きちんとストライクを投げられるようにしていく

▼

▼

▼

▼

▼

C マウンドキレダススロー

最終的に指先でフックされて、ちゃんとボールにエネルギーが伝達されているかどうかを、このドリルで確認する

①キレダス（※1）を持ってマウンドに立つ

※1 キレダス＝矢の先にボールがついたような形状をした、ボールに力を伝える感覚を身につけるための用具

②指先でフックまで正しく連動して投げることができていれば、キレダスが強くピューと音を鳴らしながら、真っ直ぐに飛んでいく

指先でフックまで正しく連動して投げることができていれば、キレダスが強く音を鳴らしながら真っ直ぐに飛んでいく

第３章

150km/hのボールを投げるための トレーニング

反射、反応、バランス、筋力、可動性、剛体化
を身につける

第3章では、150㎞/hのボールを投げるために必要な身体の動き（反射、反応、バランスほか）や筋力、可動性（柔軟性）、剛体化を身につけるための理論解説、およびトレーニング等を紹介していきます。

球速向上の理論を頭で理解しているだけでは、当然のことながら150㎞/hのボールを投げることはできません。速いボールを投げるための原理・原則を踏まえたうえで、それを実践するための身体作りというものが非常に大切になってくるのです。

では、いまから順を追って説明していきます。

反射、反応、バランス

投球動作において反射、反応を捉えることは必須です。なぜなら、フォームが前に突っ込まないなどの姿勢制御は、反射や反応で勝手に行われているのであって、頭で考えて行っているわけではないからです。よって、そういった動きが自然に行われるように、ドリルで習得していく必要があります。

また、最大筋力の立ち上がりには0・3秒くらい要しますが、テークバックから踏み込み足の接地までの時間は０・25秒、接地してトップからリリースまでの時間は０・15秒しかありません。ともに０・３秒以下ですから、普通ならこの秒数では最大筋力を立ち上げられないのですが、実際にトップ選手たちは行っているわけです。

では、なぜ、それが可能になるかというと、伝達速度が０・１秒以内の反射を利用して、脊髄～筋肉レベルで伝達しているからです。反射を利用して力を立ち上げているので、反射のタイミングで力発揮を捉えることが大切です。いまから紹介するドリルで、すべての動作をリンクする際には、この反射を入れるタイミングと動作を理解して、運動学習の自動化を進めていく必要があります。

ピッチングのそれぞれの動作には、次のような反射、反応が利用されています。

①レッグアップ→交差性伸展反射
②テークバック→傾斜反応
③オープンステップ→ホップ反応、交差性伸展反射
④後期コッキング→平衡反応（大腿反応）
⑤リリース→脊髄前庭反射
⑥フォロースルー→交差性伸展反射

では、それぞれの反射、反応の簡単な説明と、それらを獲得するためのドリルを次に示していきます。

A 交差性伸展反射

例えば画びょうを踏むと、踏んだ足は瞬時に屈曲して上に上げ、逆の足は反射的に地面方向に力が入って伸展する。このように、身体の重心のバランスを取るために、両足が逆向きの動きを出していくことを、交差性伸展反射という。ピッチングならばレッグアップポジション、テークバックポジションからオープンステップに行く際、バックキックの下肢の伸展のタイミングで出てくる

●ウオーターボールハードル交差性伸展反射ステップ

ハードルの前にシングルレッグパワーポジションで立ち、トリプルエクステンション（出力）によって下肢の伸展動作が出るタイミングで、交差性伸展反射で踏み込み足の屈曲動作が前に出る。踏み込み足の接地では、バックキックで下肢の伸展動作によって後ろの足が屈曲し

て前に出る
①ウオーターボールを持ち、シングルレッグパワーポジションを作る
②トリプルエクステンション（出力）のタイミングで、逆の足を屈曲して交差性伸展反射から踏み込み足が出てステップ。フォロースルーで、交差性伸展反射でフィニッシュする

出力のタイミングで、逆の足を屈曲して踏み込み足が出てステップ。フォロースルーで、交差性伸展反射でフィニッシュ

B 傾斜反応

傾斜反応とは、左右の身体の重心バランスを取るための反応動作のこと。下半身が左に倒れると、上半身は右に動いてバランスを取る

●チェア傾斜反応

下半身を左に倒したら上半身は右に傾けて、中心部分でバランスを取る

① 椅子に座って手を広げる

② 下半身を左に倒したら、上半身を右に傾けてバランスを取る

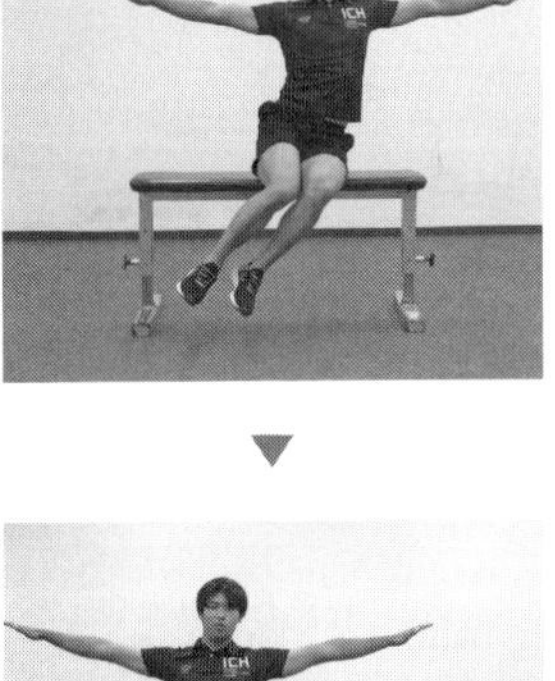

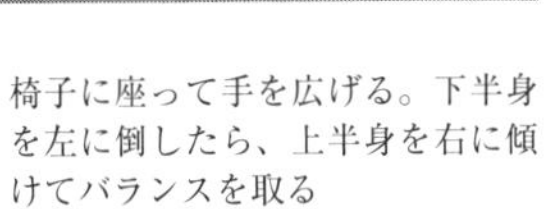

椅子に座って手を広げる。下半身を左に倒したら、上半身を右に傾けてバランスを取る

●BOXテークバック傾斜反応バランス

BOXの上に立ってレッグアップポジションを作り、テークバックポジションで下半身がキャッチャー方向に進むと、上半身はセカンド方向に傾いて傾斜反応でバランスを取る

①BOXの上に立ち、レッグアップポジションを作る

②テークバックする際に、傾斜反応でバランスを取る

▼

▼

BOXの上に立ち、レッグアップポジションを作る。テークバックする際に、傾斜反応でバランスを取る

C ホップ反応

傾斜反応レベルで左右のバランスが取れなくなると、ホップ反応が出てくる。ホップ反応と

は、片足立位で重心が側方にずれると最初は傾斜反応でバランスを取り、それよりさらに重心が側方に倒れると重心が基底面（右足と左足の間のこと）を外れて転ぶことになるので、倒れるほう（キャッチャー方向）に素早く足を一歩踏み出す反応動作のことをいう。また、接地の際に足を上から接地する（フットアボーブ）ことで、地面反力が大きく出て減速につながる。跳び直り反応ともいう

●BOXホップ反応オープンステップ

レッグアップからテークバックでは傾斜反応でバランスを取っていて、軸足が45°の角度になったときに垂直方向と水平方向のベクトルが同じになり、重心が基底面（右足と左足の間のこと）から外れて急激に重力がかかって前下方向に加速する。このタイミングで、ホップ反応によって一気に踏み込み足を踏み出すので、軸足のトリプルエクステンション（出力）で重心の加速を捉える

①BOXの上にレッグアップポジションで立つ
②傾斜反応でバランスを取りながらテークバック
③傾斜反応でバランスが取れなくなったら、ホップ反応で一気に重心移動
④Sトップで着地する

傾斜反応でバランスが取れなくなったら、ホップ反応で一気に重心移動して、Sトップで着地する

D 平衡反応（股関節戦略、足関節戦略）

傾斜反応、ホップ反応でバランスを保ちながら踏み込み足が着地したら、次に平衡反応の股関節戦略で体幹のＩＡＰ（腹腔内圧）を高め、大腿部はコーコントラクションの共同収縮で固定する。足首はネガティブシンアングル（止まる方向に向ける）で地面反力を水平方向に出し、重心を完全停止してバランスを取る。平衡反応とは、接地してからバランスを取るためのもので、腹腔内圧を高めて股関節、膝関節を固めることでバランス制御しているのが股関節戦略。そこから身体が前に来た際の制御は足関節戦略と呼ばれており、膝の伸展と足関節の底屈、いわゆるバックキックのことを指す

●BOXドロップステップオーバーヘッドウオーターバッグストップ

ＢＯＸの上で、ウオーターバッグをオーバーヘッドポジションで持って立ち、身体を前に倒していく。平衡反応で足が前に出て踏み込み足が地面についたら、ＩＡＰ（腹腔内圧）を高めて共同収縮して重心を制御する

① BOXの上にウオーターバッグを頭の上に担いだ状態で立ち、ワンステップで片足を勢いよく下ろす

②体幹の腹圧を高め、大腿部と下腿部をコーコントラクションの共同収縮で、身体を完全停止させる

体幹の腹圧を高め、大腿部と下腿部をコーコントラクションの共同収縮で、身体を完全停止させる

E 脊髄前庭反射

身体の重心が前下方向に突っ込んで胴体が倒れそうになると、脊髄からの反射で背筋が収縮して、倒れないように後上方へ身体を戻そうとする。これを脊髄前庭反射という

●カイザーフォロースルーストップ

カイザーを手に持ち、大きくワンステップしてカイザーで引っ張られる。それを、背部の筋肉の反射で停止をかける

① 利き手でカイザーを握った状態で立ち、一歩踏み出す

② 引っ張られて前傾した際に反射的に背筋が働き、身体が突っ込まないように制御する

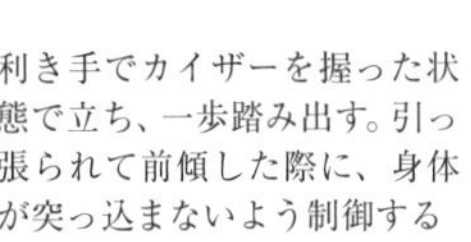

利き手でカイザーを握った状態で立ち、一歩踏み出す。引っ張られて前傾した際に、身体が突っ込まないよう制御する

F 統合

ここまでに説明したすべての反応、反射が勝手に内側運動制御でコントロールされながら、外側運動制御で投球フォームをコントロールして運動をプログラム化する

●ハードルウオーターボールスローイング

シングルレッグアップポジションから、テークバックでは傾斜反応によってバランスを取り、交差性伸展反射でハードルをまたいでオープンステップ。踏み込み足が接地した際には、平衡反応でコーコントラクションの共同収縮からのバックキック。スローイング時には前庭脊髄反射でバランスを取り、交差性伸展反射のタイミングにおいて片足で立つ

①**ウオーターボールを持って、ハードルの前でレッグアップポジションを作る**
②**テークバックでは傾斜反応によってバランスを取る**
③**ホップ反応のタイミングで、交差性伸展反射によってハードルをまたぐ**
④**平衡反応で下肢を剛体化して、ウオーターボールをスローイング**
⑤**フォロースルーは、前庭脊髄反射で身体を制御する**
⑥**交差性伸展反射で片足立ちによるフィニッシュ**

スローイング時には前庭脊髄反射でバランスを取り、交差性伸展反射のタイミングにおいて片足で立つ

ピッチングボディアセスメント

ハイパフォーマンスの投球を行う際にまず大切なのは、土台となる4つの身体機能を有しているかどうかです。それをまずアセスメント（客観的に評価・査定）する必要があります。4つの身体機能は、次の通りです。

①正しい姿勢が取れているか
②球速を出すフォームを獲得すべく可動性を有しているか
③球速を出すフォームを獲得すべく安定性を有し剛体化しているか
④身体の重心バランス能力を有しているか

ここで確認すべき項目は、次に示すA〜Iの9つになります。

A パーフェクトポスチュア

背骨のS字カーブがきちんと取れて、姿勢が完璧かどうかの確認

①真っ直ぐに立つ

②パイプの棒を背中に当ててS字カーブがきちんとできているかを確認

スタンディング

真っ直ぐに立つ

パイプ

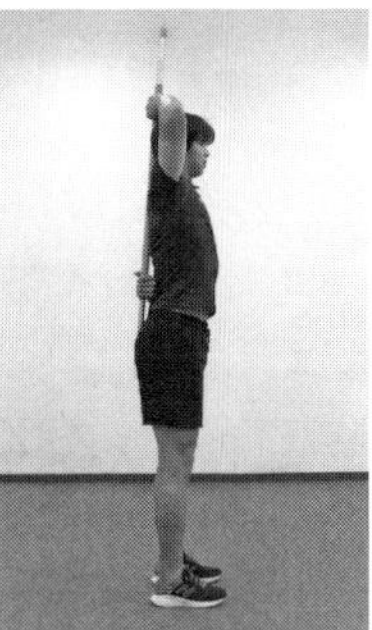

▼

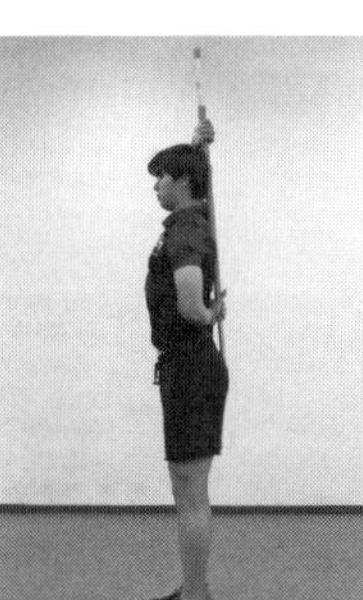

パイプの棒を背中に当てて、S字カーブがきちんとできているかを確認

B 肩関節の内旋、外旋の可動性

ピッチングに必要な肩の内旋、外旋の可動域を有しているかの確認

①身体を前傾して、肘を肩の高さに置く

②内外旋が90〜120°できているかを確認

C 肩甲骨の可動性

ピッチングに必要なリリースとトップにおける肩甲骨の可動性の確認

①四つ這いになり、肘を曲げて額に手を当てて、ゼロポジション（※1）に持ってくる

▼

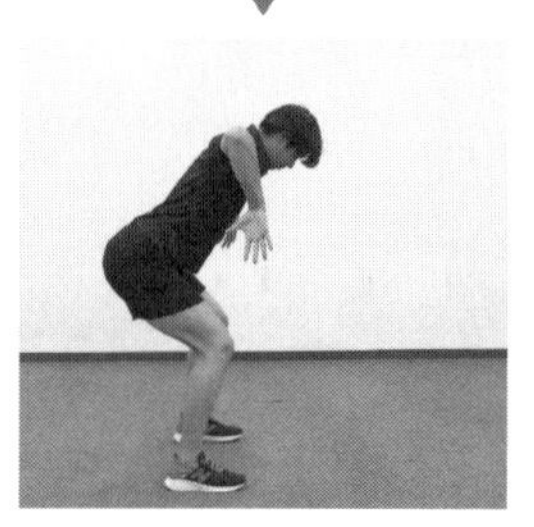

身体を前傾して、肘を肩の高さに置く。内外旋が90～120°できているかを確認

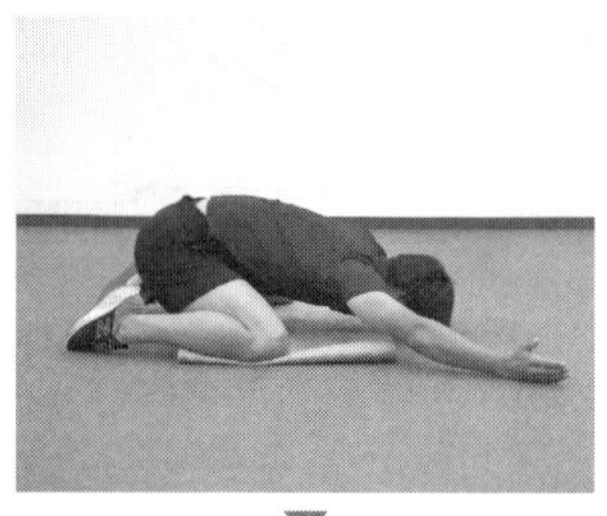

▼

四つ這いになり、肘を曲げて額に手を当てて、ゼロポジションから耳よりも高く腕を上げられるかを確認

※1　ゼロポジション＝肩甲棘（けんこうきょく）と上腕骨（二の腕の骨）が一直線になったポジションのことで、ここではガッツポーズの姿勢に近い

②そこから耳よりも高く腕を上げられるかを確認

D 背骨と胸郭の可動性

ピッチングに必要な背骨、胸郭、肩甲骨の可動性の確認

①四つ這いになり、首の後ろに手を置く

②胸が70〜90°開くかを確認

四つ這いになり、首の後ろに手を置く。胸が70〜90°開くかを確認

E 股関節の内旋、外旋と体幹の安定性

体幹を、投球と同じように地面に対して垂直位に維持した状態で、股関節を90°内旋、外旋できるかを確認

① 股関節、膝、足首を90°にして体幹を垂直位に保つ
② 股関節を内旋、外旋して床に膝がつくか、と同時に体幹がぶれないかを確認

体幹を、投球と同じように地面に対して垂直位に維持した状態で、股関節を90°内旋、外旋できるかの確認

F ハムストリングスの可動性

投球においては、軸足はオープンステップの際に、踏み込み足はバックキックの際に膝が最大伸展する。また、フォロースルーでは股関節が屈曲して膝が伸展する。このアセスメントが

なされていないと、可動性不足で球速を出すフォームはできない

①仰向けに寝て膝を曲げ、つま先を天井に向ける

②そのまま膝を膝を伸ばして、足底が天井を向くかを確認

G 開脚前屈

オープンステップの際には、膝は完全伸展で股関節が外転し、体幹が前傾できないといけない

①膝を伸ばしたまま開脚する

②前屈して、頭が地面につくかを確認

▼

仰向けに寝て膝を曲げ、つま先を天井に向ける。そのまま膝を伸ばして、足底が天井を向くかを確認

▼

膝を伸ばしたまま開脚する。前屈して、頭が地面につくかを確認

H 肩甲骨の安定性とリリース時の握力

関節はテコの原理で動いており、必ず支点（固定点）が必要となる。胸郭、肩甲骨、上腕、前腕、手首が固定されて支点ができて、最後のリリース時に握力が入るかを確認

①**うつ伏せに寝て、ゼロポジションで肩甲骨を固定した状態で握力計を握る**

②**リリース時の握力の左右差を調べる**

I 片足バランス

投球はそもそも片足で行われており、根本的に前庭器官の能力がないと、内的運動制御系でバランスを取りながら投球することができないので、確認が必要

うつ伏せに寝て、ゼロポジションで肩甲骨を固定した状態で握力計を握る。最後のリリース時に握力が入るかを確認

①片足で立って両手を腰に当て、もう一方の足は立ち足の膝の内側に当てる
②目をつぶって20秒キープする

片足で立って両手を腰に当て、もう一方の足は立ち足の膝の内側に当てる。目をつぶって20秒キープする

モビリティートレーニング——可動性が持つ意味

ピッチングにおいて、エネルギーの伝達を考える際に可動性はとても大切です。まずWセパレイトポジションを取れる可動性がなければ、全身のエネルギーを伝達するのは不可能ですし、股関節の内旋、屈曲の可動域がなくては、ピッチングに必要な胴体の回転動作を行うことができません。ピッチングメカニズムを成立させるうえで、フォームにおける専門的可動性は欠かすことができないのです。

それでは、ここから各部位における可動域を高めるためのドリルを、紹介していきたいと思います。

可動性① セパレイトポジションモビリティ

ピッチングのモビリティ（※1）において大切な場所として、まずセパレイトポジションの可動性は必須といえます。このドリルでは、下胴と上胴を分割する可動域を作っていきます。

※1 モビリティ＝身体の動きやすさ、可動性、機動性

A セパレイトポジションダンベルアームリーチ

仰向けになって、上胴と下胴を逆に回転させて捻転を作る。この際、軸が崩れないように体幹を安定させる

①仰向けになって足の間にボールを挟み、片手を前、逆手でダンベルを持ち上げる

②足を前の手の方に捻りながら、逆にダンベルの手はセパレイトポジションを大きく可動させる

仰向けになって、上胴と下胴を逆に回転させて捻転を作る。この際、軸が崩れないように体幹を安定させる

B 側臥位セパレイトアームリーチ

側臥位になって腕を前に出し、下胴をキープして胸郭から肩甲骨、腕をリーチして上胴と分割する

①側臥位になって手を前に出す

②胸郭、肩甲骨、腕の順番で、地面から指が離れないように下半身とセパレイトする

C 側臥位チューブセパレイトピッチング

側臥位から下胴を固定して、上胴をセパレイトしてチューブで腕を牽引し、トップの位置からピッチング動作を行う

①側臥位から上半身、下半身をセパレイトしてチューブで腕を後ろに持っていき牽引する

②その位置から、ピッチングと同じようにチューブを引く

側臥位になって腕を前に出し、下胴をキープして胸郭から肩甲骨、腕をリーチして上胴と分割する

側臥位から下胴を固定して、上胴をセパレイトしてチューブで腕を牽引し、トップの位置からピッチング動作を行う

D ウオールハーフニーリングポジションセパレイトポジションリーチ

壁の前で立て膝になり、手を大きく広げてセパレイトポジションを作り、腕を大きくリーチする

① 壁の前で立て膝になって手を広げる
② セパレイトポジションをキープして、壁から体が離れないように腕をリーチする

▼

▼

▼

▼

壁の前で立て膝になり、手を大きく広げてセパレイトポジションを作り、腕を大きくリーチする

E ウオールピッチングスタンスセパレイト&フォロースルー

壁の前にピッチングのスタンスで立ち、セパレイトポジションを作る。トップの位置から、壁に肘がつかないように前方回転する

① **壁の前にピッチングのスタンスで立って、トップの位置からセパレイトポジションを作る**

② **肘が壁に当たらないように、フォロースルーのエンドポイントまで持っていく**

壁の前にピッチングのスタンスで立ち、セパレイトポジションを作る。トップの位置から、壁に肘がつかないように前方回転する

可動性② ブリッジモビリティ

基礎的なブリッジの可動性がないと、Sトップセパレイトポジションからの上胴回転時にボールが一緒に動いてしまい、エネルギーが伝達できなくなってしまいます。

A Cアーチピッチングブリッジ

ブリッジを作り、ピッチングの最大外旋位が出るように腕、足を動かしていく

①ブリッジの姿勢を作って肘、膝を伸ばして身体をCの形にする
②右手を上げる
③左手を上げる
④右足股関節を上げて、膝を伸ばす
⑤左足股関節を上げて、膝を伸ばす

ブリッジを作り、ピッチングの最大外旋位が出るように腕、足を動かしていく

B ベンチ肩入れブリッジ

上半身のしなりの可動域を作っていく。胸椎の伸展と胸郭の外旋、肩甲骨の内転、外旋、上方回旋をきちんと入れて、ベンチの上に両手を伸ばして上げながら上半身のブリッジを作っていくことがポイント

①肩と骨盤を入れて、背骨を伸展させてブリッジを作る

肩と骨盤を入れて、背骨を伸展させてブリッジを作る

②これを片腕でも行う

片腕でも行い、上半身のしなりの可動域を作っていく

C ベンチボールコロコロブリッジ

ベンチの上にボールを置いて胴体をその上に乗せ、背骨をひとつずつ伸ばすようにブリッジを作っていく

①ベンチの上にボールを置いて、胴体を上に乗せて腕を上げ、手はベンチのサイドを握る

② 背骨にボールを沿わせて肘の曲げ伸ばしを行い、ボールをコロコロ転がしてしなりを作りながら背骨を伸展させてブリッジを作っていく

▼

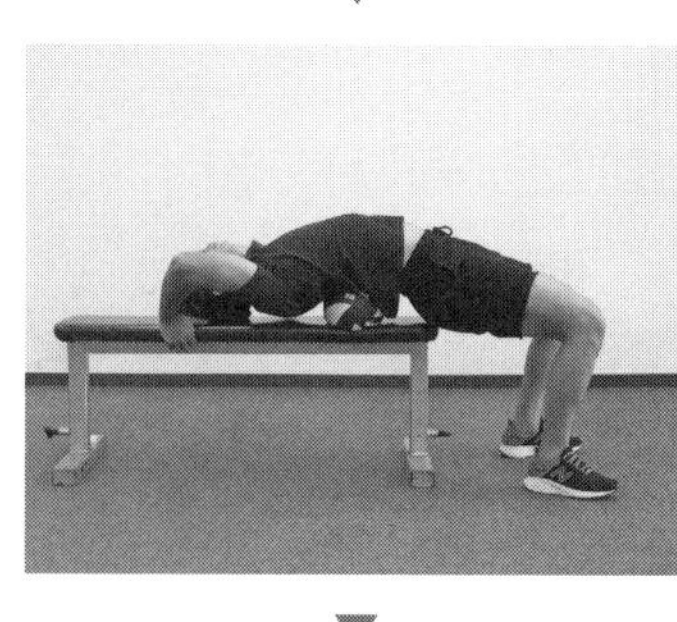

▼

ボールをコロコロ転がしてしなりを作りながら、背骨を伸展させてブリッジを作っていく

D ベンチ45°ブリッジ

ベンチの横に胴体を45°の角度で当て、腕は遠くでベンチのサイドをつかんでCアーチを作り、胴体のブリッジを作る

①ベンチに背骨を45°の角度で当て、肘を伸ばしてベンチのサイドを握る
②脇を開いて骨盤を前傾させ、しなりを出しながらアーチを作る

▼

ベンチの横に胴体を45°の角度で当て、腕は遠くでベンチのサイドをつかんでCアーチを作り、胴体のブリッジを作る

E 弓ブリッジ&リーチ

立て膝から、踵を持ってアーチを作る。そこから遠くに腕をリーチして、股関節までのブリッジを作る

①立て膝になって踵を持つ
②そのまま骨盤を前傾して、背骨にアーチを作り弓ブリッジ。最後に左右の手を交互に遠くにリーチする

立て膝から、踵を持ってアーチを作る。そこから遠くに腕をリーチして、股関節までのブリッジを作る

可動性③　Cアーチ

基礎ブリッジができたら、実際に後期コッキングの最大外旋位の形のモビリティに転位させていきます。Cの形に似ていることから、これをCアーチと呼びます。

A 棒アラウンドザワールド

棒を持って大きく身体の後ろに回し、Cアーチの可動域を全身で作っていく

①両手で棒を持って立つ

②大きく身体の後ろに回し、Cアーチを作って棒を1周させる

棒を持って大きく身体の後ろに回し、
Ｃアーチの可動域を全身で作っていく

B ウオールCアーチ&クワドストレッチ

骨盤の前傾からCアーチを作り、ストレッチをかけながら股関節の伸展を行い、腕をバンザイしてCアーチのしなりを作っていく

① ベンチで片足の膝を立てて、骨盤の前傾を入れてストレッチ
② 膝を曲げたままつま先を逆の手で持ち、Cアーチを作る
③ ベンチで膝を伸ばして手をバンザイし、骨盤の前傾を入れてCアーチをより大きく作る

▼

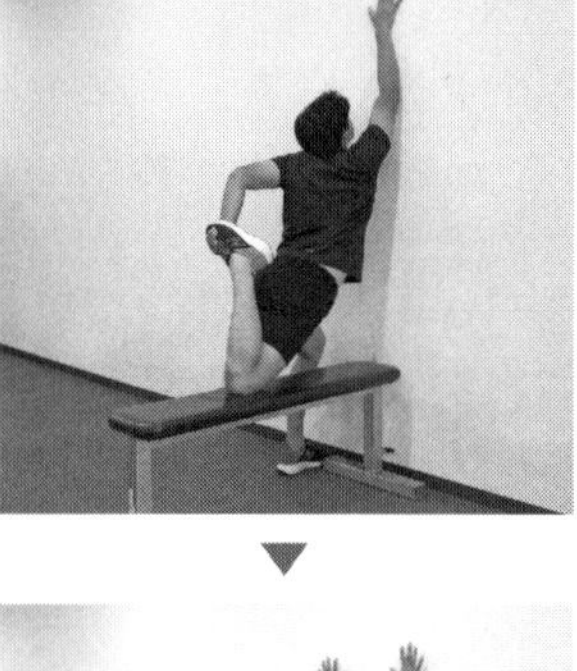

▼

骨盤の前傾からCアーチを作り、ストレッチをかけながら股関節の伸展を行いCアーチのしなりを作っていく

C お祈りCアーチ

座位から手を床につけて胸郭、胸椎を伸展して肩甲骨と肩を入れる。そのまま骨盤を前傾、股関節を伸展してCアーチを作る

① 膝を床につけて腕をリーチし、胸を張って手を床につける

② 膝を伸ばしながら骨盤を入れてCアーチを作る

膝を床につけて腕をリーチし、胸を張って手を床につける。膝を伸ばしながら骨盤を入れてCアーチを作る

D 棒ピッチングCアーチ

棒を持ってピッチングのスタンスを広げて、棒を大きく後ろに持っていきCアーチを作っていく

① 棒を持つ

② ピッチングのスタンスを開き、後方遠くに棒をリーチして大きくCアーチを作る

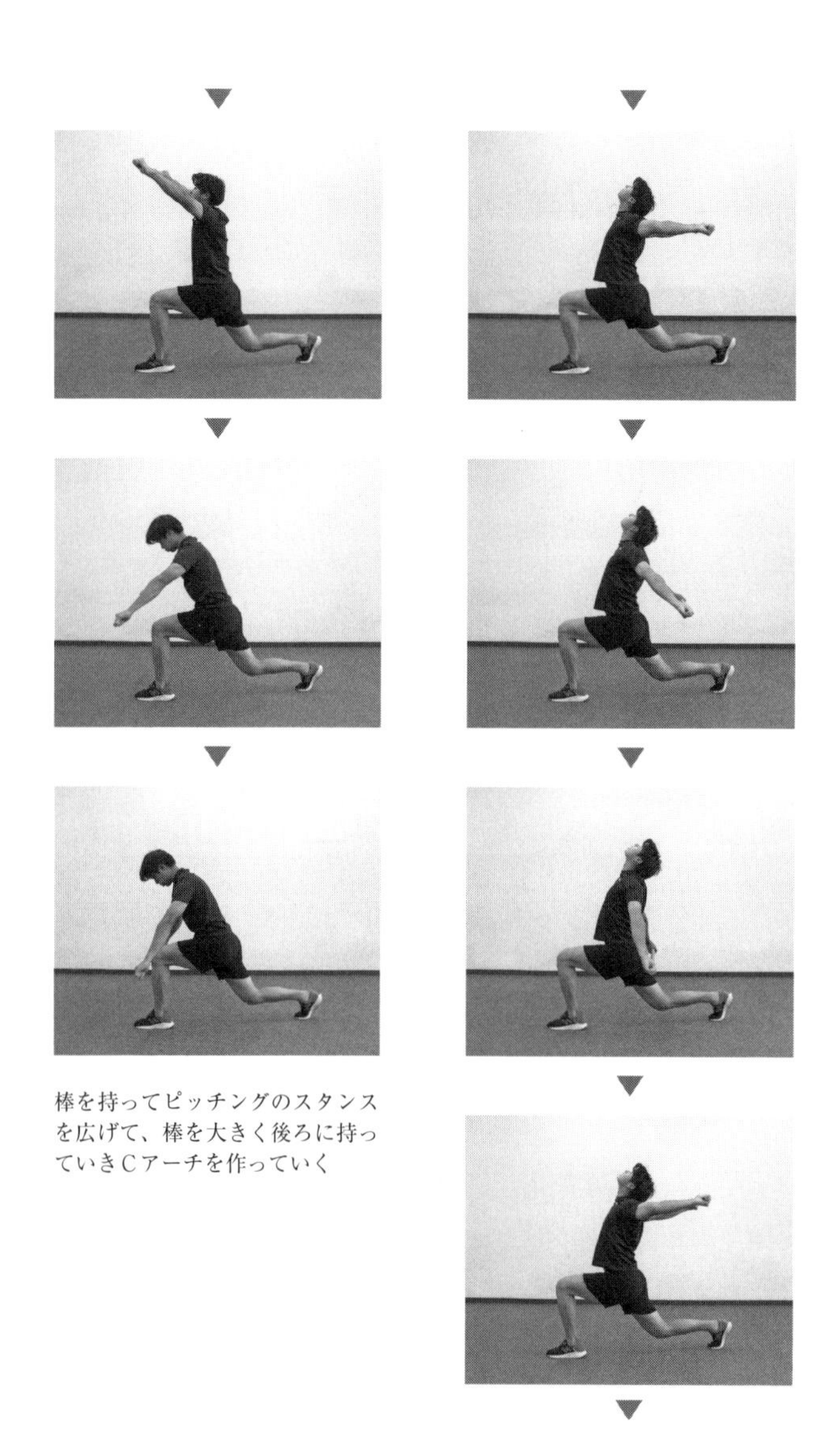

棒を持ってピッチングのスタンスを広げて、棒を大きく後ろに持っていきCアーチを作っていく

E バーベルプレートCアーチ

バーベルにプレートを入れて、ピッチングのスタンスで持って回転しながらCアーチを作る

① バーベルにプレートを入れて、ピッチングのスタンスで持つ

② そのまま回転してCアーチを作る

▼

▼

▼

▼

バーベルにプレートを入れて、ピッチングのスタンスで持って回転しながらCアーチを作る

F ピッチングセパレイトポジションチューブスロー

ピッチングのスタンスから両手を広げてチューブを持ち、腕を残しながら胴体を前方回転させてCアーチを作っていく

① ピッチングのスタンスでチューブをそれぞれの手に持つ

② ローテーションしていき、大きくCアーチを作る

ピッチングのスタンスから両手を広げてチューブを持ち、腕を残しながら胴体を前方回転させてCアーチを作っていく

可動性④　開脚前屈

球速の速いピッチャーは、オープンステップの際に軸足の外転角度が大きいことがわかっています。オープンステップでは開脚の可動域とその広さでリリースするため、それと胴体の動きには前屈の可動域が必要となってきます。

A フレックスクッション開脚前屈パターン

フレックスクッションの上に座ると、自然に骨盤が前傾する。股関節を外転して開脚する

①両足を開脚して前屈

②片足を開脚した状態で、股関節を回旋させる前屈をしていく

片足を開脚した状態で、股関節を回旋させる前屈をしていく

フレックスクッションの上で、
両足を開脚して前屈

B 立位開脚祈り

①立って大きく開脚して、前に進んでいきながらCアーチを作る

②後ろに引きながら前屈する

立って大きく開脚して、前に進んでいきながらCアーチを作る。後ろに引きながら前屈する

可動性⑤　前後開脚

左右の開脚の可動域が出てきたら、次はピッチングに必要な前後開脚に転換していきます。オープンステップの際に軸足の外転角度を大きく取り、踏み出した足が接地する少し前に踏み込み足は外旋してつま先が前を向きます。このとき前後開脚になるため、股関節の可動域がないと胴体が一緒に開いてしまい、エネルギーが伝達されないフォームになります。

A 前後開脚クイック

開脚を作り身体を回旋させて、股関節を内旋、外旋させてピッチングに必要な前後開脚に転換する

①**身体を回旋させ、前後に開脚して手をつく**
②**クイックで上下に動かして開脚を広げる**

B ピッチング前後開脚セパレイトSトップ&フォロースルー

よりピッチングのフォームに転位するため、前後開脚を先に作って踏み込み足の内側に手を置き、股関節を外旋してセパレイトSトップポジションを作る。そこから、股関節を内旋させながらフォロースルーへ

開脚を作り身体を回旋させて、股関節を内旋、外旋させてピッチングに必要な前後開脚に転換する

① 前後開脚して前の手で内側から開脚のサポートをしながら、セパレイトSトップポジションを作る

② 軸足を回旋させながら、フォロースルーへ

▼

▼

股関節を外旋してセパレイトＳトップポジションを作る。そこから、股関節を内旋させながらフォロースルーへ

可動性⑥ 踏み込み足の内旋

オープンステップで踏み込み足が接地したら、股関節を内旋して胴体を回転させていきますが、この際に股関節の内旋の可動域がないと回転運動が出ず、腕にエネルギーが伝わらないフォームになります。

A ピッチング股関節内旋ＡＬＬローテーションストレッチ

①スタートポジションとして前足の股関節、膝関節、足関節をすべて90°屈曲して、後ろ足を真っ直ぐ伸ばして大きく開脚する。そこから股関節を内旋しながら胴体を90°回転して、セパレイトポジションとCアーチの可動性を作る。このとき前足の臀部が浮かないことと、後ろ足の膝が曲がらないことに注意する

②身体を前屈しながら、腕を前にリーチしてリリースの可動性を作る

③股関節の内旋をして肩を入れて、フォロースルーの可動性を作る

④腕を後ろに大きくリーチしてCアーチを作り、股関節を内旋しながら大きくフォロースルーまで腕をリーチして、スローイングの可動性を作る

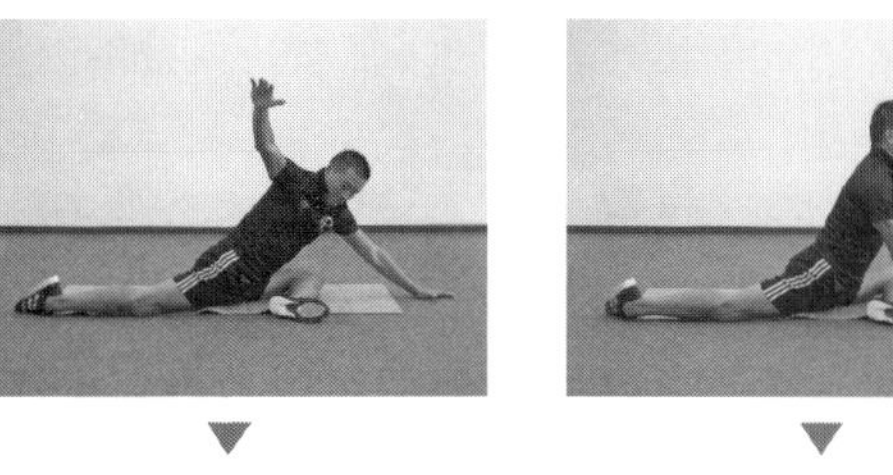

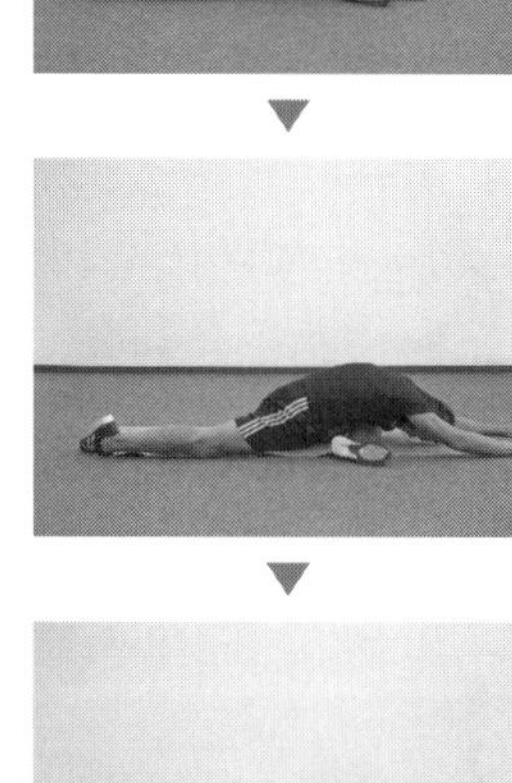

腕を後ろに大きくリーチしてCアーチを作り、股関節を内旋しながらフォロースルーまでリーチ。スローイングの可動性を作る

可動性⑦ ショルダー最大外旋位

Cアーチの可動性が取れたら、そこに肩甲骨の内転、外旋、上方回旋と肩関節の外旋、水平外転を加えて後期コッキング（最大外旋位）の可動性を作ります。

①棒を脇の下に入れてCアーチを作り、肩の外旋位を取る

②そこからグローブ側の手で上に上げて、最大外旋位を作る

棒を脇の下に入れてCアーチを作り、肩の外旋位を取る。そこからグローブ側の手で上に上げて、最大外旋位を作る

可動性⑧ ショルダー内旋リリース&フォロースルー

リリースの後に、肩は最大内旋されて減速動作に入っていきますが、内旋の可動性がないと肩のインピンジメント（※1）の障害の原因にもなります。

※1 インピンジメント＝肩関節を動かす際に、関節付近でほかの骨や筋肉が衝突することによって、組織の損傷が起こって痛みが生じること

① 壁の前に立って大きくCアーチの形を取り、肘を支点に最大外旋位を作る

② そこからグローブ側の手で、利き手の肩の最大内旋位を作って可動域を広げる。これは、肩の障害予防にもお勧め

▼

▼

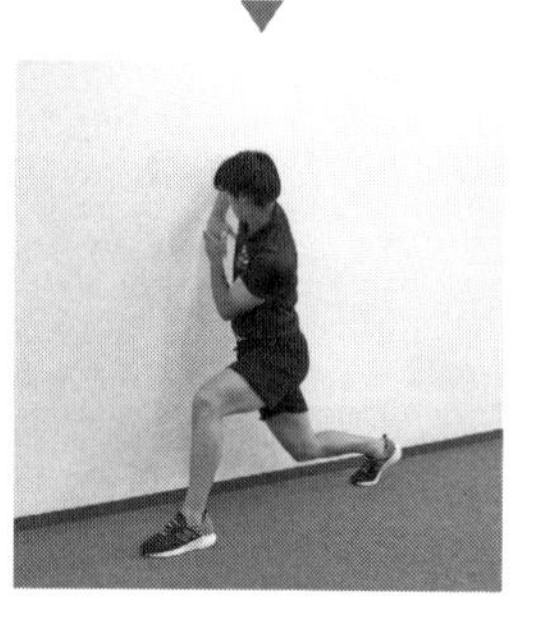

壁の前に立って大きくCアーチ。グローブ側の手で利き手の肩の最大内旋位を作って可動域を広げる

スタビリティートレーニング
——剛体化が持つ意味

エネルギーを伝達させるためには、身体の剛体化が必須となります。軟体ではエネルギーを吸収してしまうからです。１５０km／hを投げようと思ったら、軟体のままだとエネルギーが吸収されてうまく伝達できません。投球フォームにおいてエネルギーをフローする際には、身体の剛体化が必須なのです。

①軸足で作った並進運動エネルギーを胴体に伝えるには、まず踏み込み足の剛体化が必須
②下半身のエネルギーを上半身に伝えるには、胴体の剛体化も必須
③胴体の力をボールに伝えるには、肩甲上腕関節がSトップの位置で剛体化、安定化することが必須
④最後にエネルギーをボールに伝えるには、肘関節や指関節にも同じことがいえる

剛体化① 胴体

スタビリティー（安定性）を高める胴体の剛体化のトレーニングは、次のように進めていきます。

①胴体の安定性は縦軸、横軸、水平軸の3面の安定が必要
②最も簡単な仰向けからスタートして、胴体のIAP（腹腔内圧）を高めて安定化させる
③うつ伏せで背部の安定化を行い、四つ這いでは前額面（側面）の安定化を促す
④身体が地面に対して垂直になる立て膝からは、水平面の安定性が必要となる。そこで、ウオーターバッグで外乱を加えて反射的な胴体の安定性を獲得。メディシンボールスローで

は、末端加速に対して胴体の求心力を高めていく

⑤最終的には、ピッチングに必要な片足での安定性を習得する

A ローリング

仰向けでIAP（腹腔内圧）を高めて水平面に転がり、回転運動に対して軸が崩れないかを確認する

①仰向けでIAP（腹腔内圧）を高める

②軸が崩れないように左右に転がる

▼

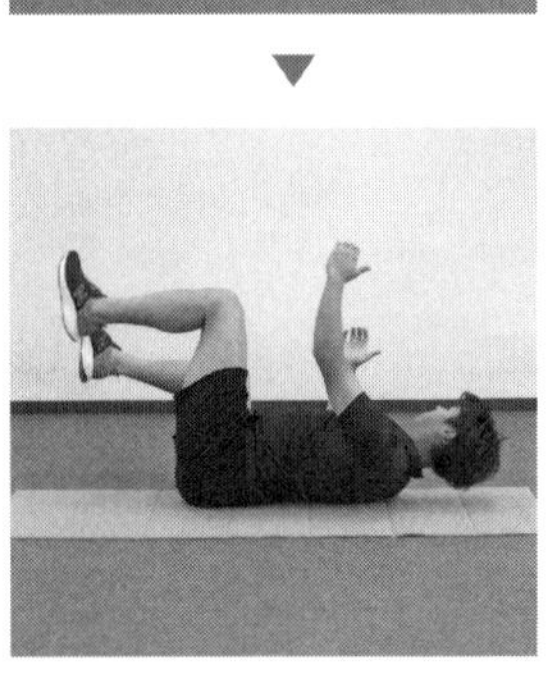

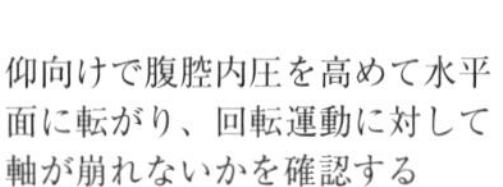

仰向けで腹腔内圧を高めて水平面に転がり、回転運動に対して軸が崩れないかを確認する

B デッドバグ

運動を成していく四肢運動の0・1秒前にコア（※1）の安定性と固定点ができ、そこが支点となって四肢が動く。これをフィードフォワードメカニズムという。ここでは、縦軸の安定性を確認する

※1　コア＝腹腔を構成する深層筋群

①仰向けでIAP（腹腔内圧）を高め、腕と足を上げる

②軸を崩さずに手足を対角線に動かす

▼

▼

仰向けで腹腔内圧を高め、腕と足を上げる。軸を崩さずに手足を対角線に動かす

C プランク

腹腔、胸腔内圧を高めて軸の固定点を作り、肩甲胸郭関節（パッキング）の固定点も作ったら、プランクポジションで上半身を剛体化させる

①うつ伏せから腹腔、胸腔内圧を高め、肩甲骨をパッキング（内転、外旋、後傾）させて胴体を浮かせてプランクを作る

②ペットボトルを置いて全身が剛体化されているかを確認する

プランクポジションから、ペットボトルを置いて全身が剛体化されているかを確認する

D ローマンチェアエロンゲーションウオーターバッグローテーションプッシュ

ローマンチェアでポジションを維持する際、重力に抵抗するためにIAP（腹腔内圧）を高めながら体幹をコーコントラクション（共同収縮）させて、姿勢維持筋の抗重力筋を出力しながら回転方向に腕を全力で押し出す。腕を振っても軸が崩れないかを確認する

①ローマンチェアに足をかけてエロンゲーション（立位）し、背筋を持続的力発揮で姿勢を維持する

②ローテーションを加えてウオーターバッグを動かして、軸が崩れないかを確認する

姿勢維持筋の抗重力筋を出力しながら回転方向に腕を全力で押し出す。腕を振っても軸が崩れないかを確認する

E サイドプランク

側臥位になって腹腔、胸腔内圧を高め、サイドプランクから横軸（前額面）の安定性を作る

① **サイドプランクで、腹腔、胸腔内圧を高める**

② **サイドプランクの姿勢を維持して、確認のためペットボトルを置く**

サイドプランクで、腹腔、胸腔内圧を高める。サイドプランクの姿勢を維持して、確認のためペットボトルを置く

F サイドプランクピッチングロール

サイドプランクの姿勢を取り、W偶力で胴体を回転させるピッチングの負荷をかけて、胴体のピッチングの剛体化を確認する

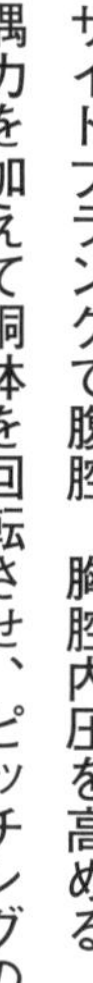

①サイドプランクで腹腔、胸腔内圧を高める

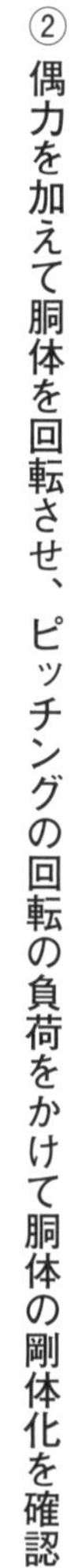

②偶力を加えて胴体を回転させ、ピッチングの回転の負荷をかけて胴体の剛体化を確認

サイドプランクで腹腔、胸腔内圧を高める。偶力を加えて胴体を回転させ、ピッチングの回転の負荷をかけて胴体の剛体化を確認

G クローリングウオーク

四つ這いになって、体幹部が地面から離れた状態で進むことができれば、身体の縦軸と横軸の2面の安定性が獲得できたといえる

①四つ這いで腹腔、胸腔内圧を高める

②ペットボトルを背中の上に置いて歩き、胴体の剛体化を確認する

四つ這いで腹腔、胸腔内圧を高める。ペットボトルを背中の上に置いて歩き、胴体の剛体化を確認する

H Vシットポジションウオーターボールローテーションプッシュ

お尻1点で支えるVの形を作ってシットポジションを取り、胴体を回転してウオーターボールをプッシュする。腹腔、胸腔内圧が弱いと後ろに倒れてしまう

①Vシットポジションで腹腔、胸腔内圧を高める

②ウオーターボールを持ち、ローテーションを加えて姿勢制御を確認

Vシットポジションで腹腔、胸腔内圧を高める。ウオーターボールを持ち、ローテーションを加えて姿勢制御を確認

I シットポジションウオーターバッグヒップローテーション

垂直位の座位から股関節を回転させるピッチングの動作をしても、胴体が垂直位で安定しているかを確認する

① シットポジションで腹腔、胸腔内圧を高める姿勢を維持して、ウオーターバッグを持つ

② 股関節をピッチングのように内旋、外旋して、ウオーターバッグの外乱に対して姿勢が制御できているかを確認する

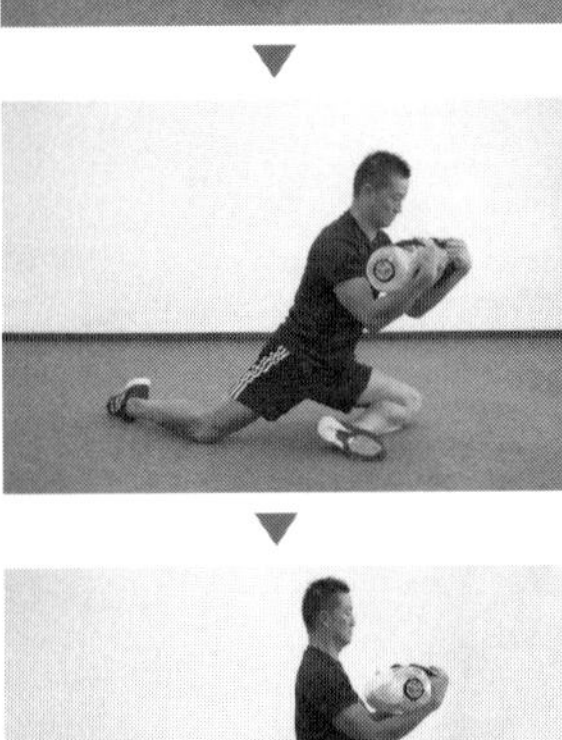

▼

▼

▼

股関節をピッチングのように内旋、外旋して、ウオーターバッグの外乱に対して姿勢が制御できているかを確認

J トールニーリングオーバーヘッドメディシンボールスロー

垂直位の立て膝でメディシンボールを投げて、スローイングの負荷に対して胴体の安定性を確認する

① 立て膝で腹腔、胸腔内圧を高める

② メディシンボールをオーバーヘッドで投げ、胴体の剛体化を確認する

立て膝で腹腔、胸腔内圧を高める。メディシンボールをオーバーヘッドで投げ、胴体の剛体化を確認する

K バランスビームハーフニーリングハローリング

バランスビーム（※1）の上で立て膝のポジションになり、片足における股関節と胴体の安定性を確認。次に、ケトルベル（※2）を頭の上で回してスローイング時の胴体の安定性を確認する

※1　バランスビーム＝体操競技で使う平均台を低くしたもの

※2　ケトルベル＝鉄球に取っ手がついたトレーニング用具

① バランスビームの上で立て膝になり、腹腔、胸腔内圧を高める

② ケトルベルをオーバーヘッドで大きく回し、回転動作を出してピッチングの負荷をかけていく

▼

▼

▼

立て膝になり、腹腔、胸腔内圧を高める。ケトルベルを頭の上で回してスローイング時の胴体の安定性を確認する

L バランスビームスプリットポジションメディシンボールダイアゴナルスロー

バランスビームの上で立て膝から後ろ膝を浮かせた状態を作り、片足における股関節と膝、足底と胴体の安定性をスローイング動作で確認していく

①　**スプリットポジション（両足を前後に広げた状態）で腹腔、胸腔内圧を高め、股関節と膝、足底を安定化させる**

②　**メディシンボールをダイアゴナル（斜め）でスローイングする**

立て膝から後ろ膝を浮かせた状態を作り、片足における股関節と膝、足底と胴体の安定性をスローイング動作で確認

M スタンディングポジション
オーバーヘッドウオーターボールシェイク

エロンゲーション（立位）して、３面（縦、横、水平）における胴体の安定性を確認。ウオーターボールを頭上でシェイクして、投球に必要な肩甲胸郭関節の安定性の確認も行う

①エロンゲーション（立位）しながらＩＡＰ（腹腔内圧）を高め、パーフェクトポスチュアを作る

②ウオーターボールを頭上に持ってシェイクする

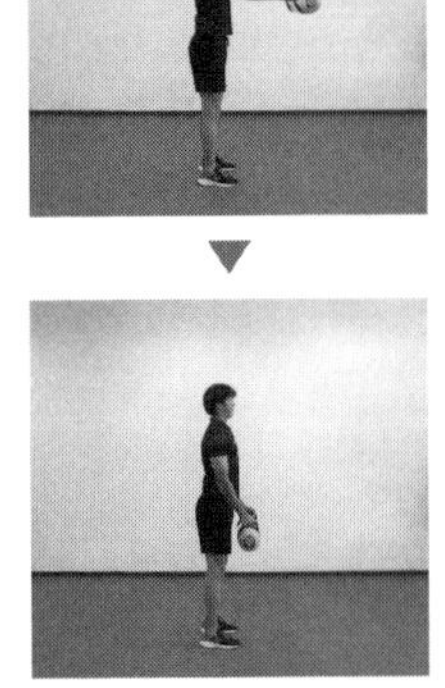

立位から腹腔内圧を高め、パーフェクトポスチュアを作る。ウオーターボールを頭上に持ってシェイクする

N シングルレッグアップポジションバランスビーム オーバーヘッドウオーターボール

エロンゲーション（立位）しながら、IAP（腹腔内圧）を高める。体重、重心を軸足に移動させて逆の足を上げる。内的、外的運動制御できちんと身体のバランスを取りながら、地面に対して片足での安定したポジションを確保する。これができれば、ピッチング時の片足における胴体の剛体化を習得したといえる

① バランスビーム上でバランスを片足で保ちながら、ウオーターボールを頭上に持つ
② 足をピッチングのときのように上下する

バランスを片足で保ちながら、ウオーターボールを頭上に持つ。足をピッチングのときのように上下する

◯ ピッチングウオーターバッグローテーション

セパレイトポジションで、胴体を剛体化してウオーターバッグを胸の前で持ち、踏み込み足を安定させる。股関節を内旋して胴体を回転させ、ピッチングにおける胴体の剛体化による上胴までのエネルギーフローを確認する

① セパレイトポジションでウオーターバッグを胸の前で持つ

② 胴体を剛体化して回転する

セパレイトポジションでウオーターバッグを胸の前で持つ。胴体を剛体化して回転する

剛体化② 肩甲胸郭関節

腕を動かす際には、まず腹腔、胸腔内圧が高まって胸郭が固定点となり、次に肩甲骨が上方回旋、内転、外旋でパッキングされて固定点となります。そして、最後に上腕骨が外転、水平外転、外旋します。関節はテコの原理で動くので、胴体が固定点の支点となり、筋肉が力点で作用点の腕が動きます。このように動作には必ず順番があり、このことを、モーターコントロールといいます。

単純に単関節のストレッチや筋力を上げただけでは、複合動作の投球動作では意味がありません。モーターコントロールの順番を間違えると最大外旋位の可動域が出ないうえ、インピンジメントなどの障害の原因にもなるので、肩甲胸郭関節の安定化はとても大切です。

A パピーポジション

鼻から空気を吸って横隔膜を下げて肺に空気を入れ、ＩＰ（胸腔内圧）を上げて胸郭の安定

性を保ち、肩甲骨をパッキング（内転、外旋、後傾）して安定化させる。この安定化を、パピーポジション（※1）で獲得する

※1　パピーポジション＝うつ伏せから両肘で身体を支え、上体を反る姿勢

①うつ伏せになって床に両肘をつける

②鼻から息を吸ってＩＰ（胸腔内圧）を高め、肩甲骨をパッキングして剛体化の確認をする

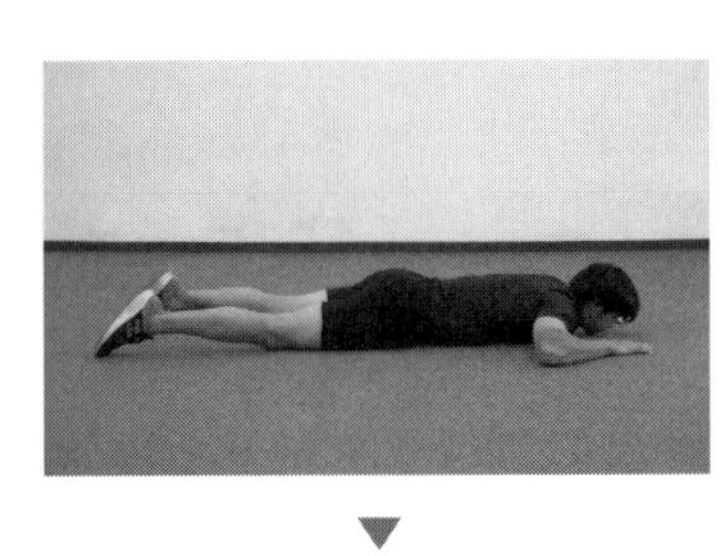

▼

うつ伏せになって床に両肘をつける。鼻から息を吸って胸腔内圧を高め、肩甲骨をパッキングして剛体化の確認をする

B パピーポジションリリースブレード&プライオボール

パピーポジションを取って、利き手にボディブレード（※2）を持つ。肩甲骨を上方回旋、後傾、外旋、内転（パッキング）、肩は外転、水平外転、外旋してゼロポジションを作り、ボディブレードをリズミカルに動かしてその固定力を確認する。次にプライオボールを持ち、リリースポジションでグーパーさせながらリズミカルにキャッチする

※2 ボディブレード＝棒状で中心部がしなるようになっており、揺らすことによって体幹などを鍛えるトレーニング用具

① うつ伏せになって床に肘をつけ、パピーポジションを作る
② 肩甲骨を上方回旋、後傾、外旋、内転（パッキング）し、利き腕をゼロポジションの位置で固定して、ボディブレードをリズミカルに動かす
③ プライオボールをクイックキャッチして、実際の投球の負荷をかける

プライオボールをクイックキャッチして、実際の投球の負荷をかける

利き腕をゼロポジションの位置で固定して、ボディブレードをリズミカルに動かす

C ベンチリリースブレード&プライオボール

腹腔、胸腔内圧を高めて肩甲骨を上方回旋、後傾、外旋、内転（パッキング）。利き腕をリリースの位置で固定し、ボディブレードをリズミカルに動かす。次に、プライオボールをリズミカルにキャッチして固定力を確認する

①ベンチの上に手足を置き、IP（胸腔内圧）を高める。肩甲骨を上方回旋、後傾、外旋、内転（パッキング）し、利き腕をリリースの位置で固定してブレードをシェイクする

②プライオボールをクイックキャッチして固定力を確認

ボディブレード

利き腕をリリースの位置で固定して
ブレードをシェイクする

プライオボールをクイックキャッチして、固定力を確認する

D TRXゼロポジションストップ

TRX（※3）を持ち、身体を落下させて瞬間的に胴体をコアファースト（※4）で先に固定して、肩甲胸郭関節、肩関節をゼロポジションの位置で剛体化。ピッチングの負荷のように、モーターコントロールを瞬間的にできるようにする

※3 TRX＝全身のあらゆる筋肉を効果的に鍛えられる、サスペンションのついたトレーニング用具

※4 コアファースト＝身体に軸がないと手足は動かないので、手足が動く前に体幹を固めること

①TRXを持つ

②身体を一気に落下させて、胴体、肩甲胸郭関節、肩関節をゼロポジションの位置で瞬間的に止める

▼

身体を一気に落下させて、胴体、肩甲胸郭関節、肩関節をゼロポジションの位置で瞬間的に止める

E スプリットポジションリリースブレード&プライオボール

リリース時の前傾45°の体勢でボディブレードを揺らす。次にプライオボールをリズミカルにクイックキャッチして、ピッチングにおける剛体化の確認を行い、胴体のエネルギーがボールに伝達しているかをチェックする

①スプリットポジション（両足を前後に広げた状態）で身体を45°前傾する

②肩甲骨を内転、後傾、上方回旋（パッキング）して固定し、リリースの位置でブレードをシェイクする

③プライオボールをリズミカルにクイックキャッチして、ピッチングにおける胴体、肩甲胸郭関節、肩関節の剛体化からのエネルギー伝達を確認する

ボディブレード

肩甲骨を内転、後傾、上方回旋して固定し、リリースの位置でブレードをシェイクする

▼

▼

プライオボールをクイックキャッチして、ピッチングにおける胴体、肩甲胸郭関節、肩関節の剛体化からのエネルギー伝達を確認

プライオボール

▼

▼

▼

剛体化③ 肩関節（Sトップポジション）

Sトップポジションの形で剛体化されていないと、胴体からのエネルギーが腕にフローできないので、この位置できちんと剛体化できていることが必須になります。

A Sトップポジションブレードシェイク

Sトップポジションで腹腔、胸腔内圧を高め、肩甲骨をパッキングさせてコーコントラクションの共同収縮で剛体化。ボディブレードをリズミカルに動かして、Sトップポジションで剛体化できているかを確認する

①腹腔、胸腔内圧を高め、肩甲胸郭関節、腕関節を安定させてSトップの位置を作る

②ボディブレードをリズミカルに動かして剛体化の確認をする

ボディブレードをリズミカルに動かして剛体化の確認をする

B Sトップポジションエキセントリックプライオボールクイックキャッチ

Sトップポジションで腹腔、胸腔内圧を高めて肩甲骨をパッキング。腕を剛体化してプライオボールをクイックキャッチし、剛体化できているかを確認する

①エロンゲーション（立位）からIP（胸腔内圧）を高め、肩甲胸郭関節を安定させてSトップの位置を作る

②肩関節をローテーションし、プライオボールをクイックキャッチして剛体化の確認

肩関節をローテーションし、プライオボールをクイックキャッチして剛体化の確認

C カオスボールSトップポジション

Sトップポジションでカオスボール（※1）を持ち、カオスボールを大きく揺らして外乱を加え、剛体化の確認をする

※1 カオスボール＝水が入ったボールの両サイドにゴムがついている、身体の連動性を高めるためのトレーニング用具

① 腹腔、胸腔内圧を高め、肩甲胸郭関節を安定させてSトップの位置を作り、カオスボールを持つ

② カオスボールの大きな外乱に対して胸郭、肩甲骨、腕が剛体化されていれば、エネルギーの伝達がうまく行える身体機能を有しているといえる

剛体化④ 股関節、膝関節

ピッチングは片足で行われます。ですから、片足のパワーポジションで剛体化して安定性を高められていないと、俗に言う膝の開きなどが起きてエネルギーの伝達ロスが生じてしまいます。それに、ブレーキ効果で胴体にエネルギーをフローすることもできません。

Sトップポジションでカオスボールを持ち、大きく揺らして外乱を加え、剛体化の確認をする

A クワドリラプトイプシラテラルニートゥエルボー

四つ這いの姿勢を取って片足になることで、股関節の安定性を確認するドリル

①四つ這いになり、IAP（腹腔内圧）を高めたところから、足を上げて股関節に負荷をかける

②対側の肘と膝をつける。この際、股関節がぶれないように安定させること

四つ這いになり、足を上げて股関節に負荷をかける。対側の肘と膝をつける際に、股関節がぶれないように安定させる

B ウオーターボールシングルレッグヒップヒンジオーバーヘッドリーチ

ウオーターボールを持ち、片足でヒップヒンジしながら足と腕をリーチして、リリースの形を取る。その際に股関節に安定性がないと、身体が開いたりしてエネルギーが漏れてしまう

① エロンゲーション（立位）から腹腔、胸腔内圧を高め、ウオーターボールを胸の前で保持する

② そこから片足でヒップヒンジを行いながら、足と腕をリーチして全身を剛体化させる

▼

▼

片足でヒップヒンジを行いながら、足と腕をリーチして全身を剛体化させる

C ウオーターバッグミニチューブ シングルレッグパワーポジションマルチディレクション

ミニチューブを膝の上につけ、片足でパワーポジションを作って股関節、膝関節、足底を剛体化。そこから、もう一方の足を多方向に動かして、剛体化の確認をする

①ウオーターバッグを持って反射的に体幹を安定させ、片足のパワーポジションで身体を剛体化させる

②片足のパワーポジションでミニチューブを膝の上につけ、もう一方の足を前後、左右、回旋させてすべての方向の剛体化を確認する

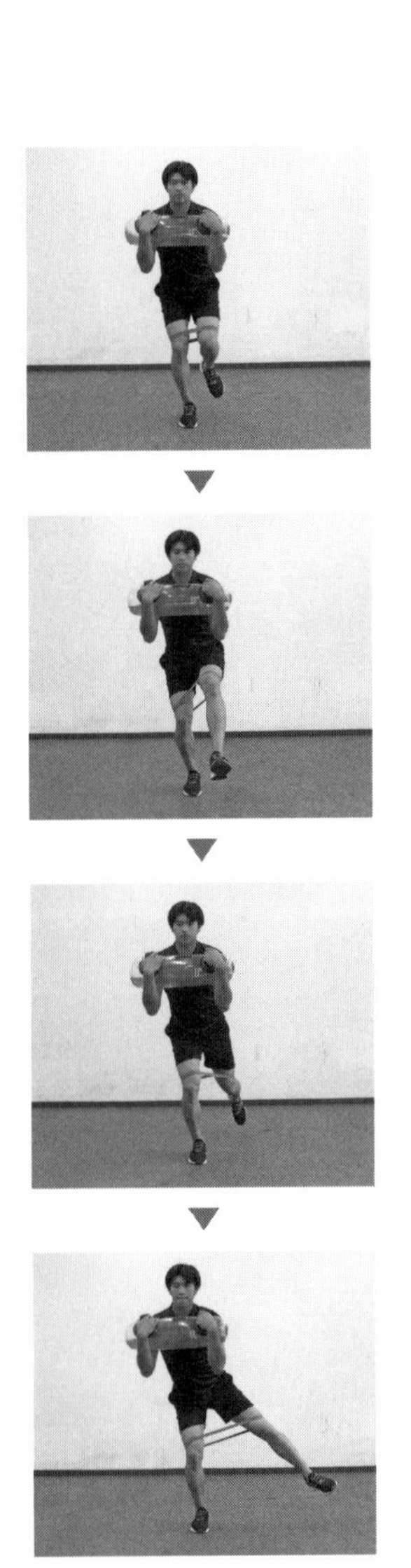

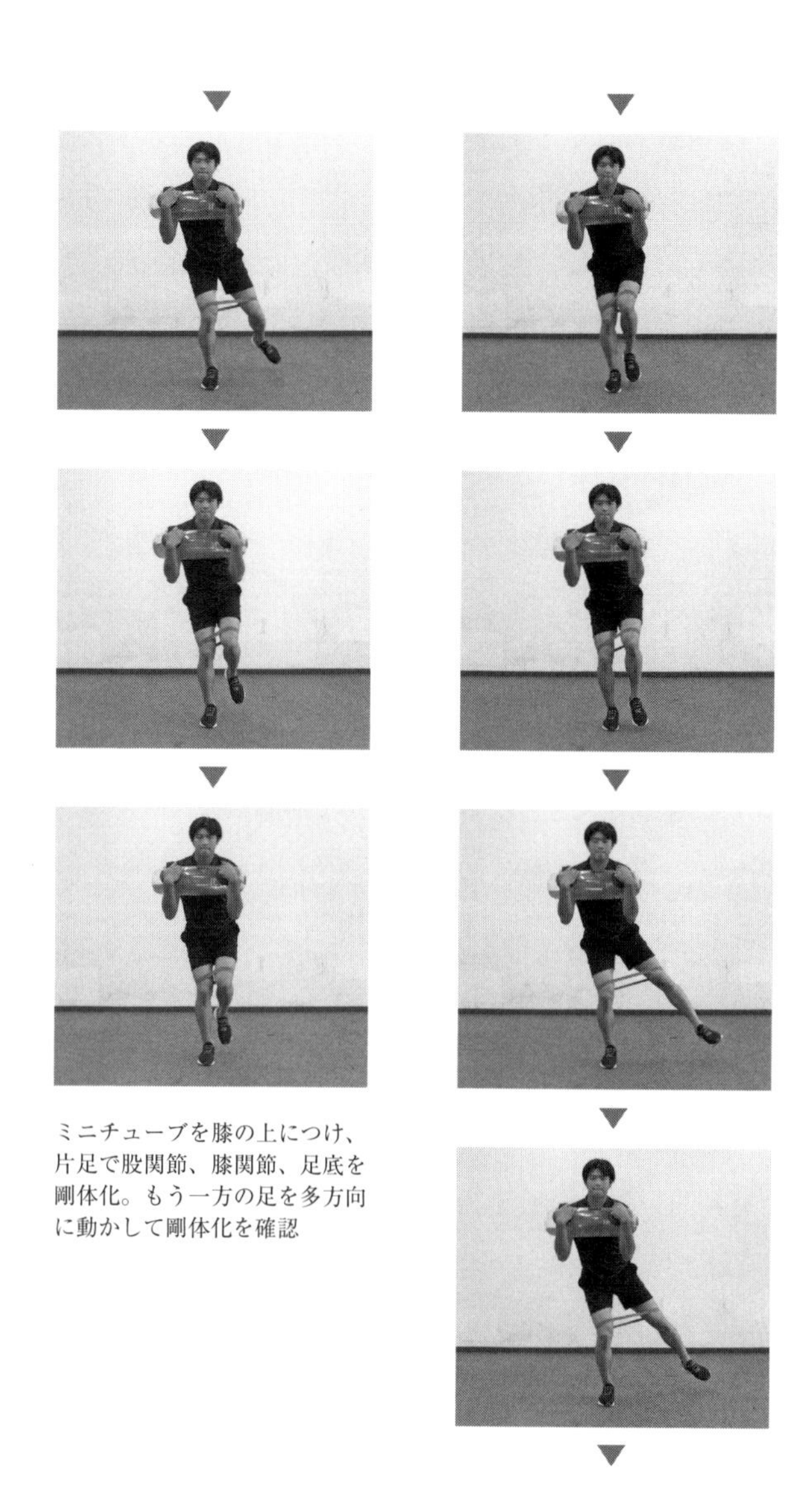

ミニチューブを膝の上につけ、片足で股関節、膝関節、足底を剛体化。もう一方の足を多方向に動かして剛体化を確認

D ウオーターバッグパーターベーション（外乱）シングルレッグパワーポジション

片足でパワーポジションを作って全身を剛体化させ、ウオーターバッグで外乱を加えて剛体化の確認をする

①ウオーターバッグを持って、片足のパワーポジションで剛体化させる

②ウオーターバッグを揺らして外乱を加え、剛体化を確認する

前後

▼

ウオーターバッグを持って、片足のパワーポジションで立つ。ウオーターバッグを前後に揺らして外乱を加え、剛体化の確認

左右

▼

ウオーターバッグを持って、片足のパワーポジションで立つ。ウオーターバッグを左右に揺らして外乱を加え、剛体化の確認

E BOXウオーターバッグドロップシングルレッグパワーポジション

ウオーターバッグを持って立ち、BOXから飛び降りてシングルレッグパワーポジションで、コーコントラクション（共同収縮）を一気に立ち上げてピタッと止める

①ウオーターバッグを持ってBOXの上に立つ
②BOXから飛び降りて、片足のパワーポジションでピタッと止める

サード方向

ウオーターバッグを持ってBOXからサード方向に飛び降りて、片足のパワーポジションでピタッと止める

キャッチャー方向

ウオーターバッグを持ってBOXからキャッチャー方向に飛び降りて、片足のパワーポジションでピタッと止める

ジャンプ

ウオーターバッグを持って BOXから高くジャンプして飛び降りて、片足のパワーポジションでピタッと止める

セカンド方向

ウオーターバッグを持って BOXからセカンド方向に飛び降りて、片足のパワーポジションでピタッと止める

剛体化⑤ 足底

下腿筋肉群をコーコントラクション（共同収縮）させて足底を安定化し、足底圧で地面反力を捉えてバランスを取り、全身を安定させます。

A チューブトライポッドハイドロベストブレードシェイクスローイング

母趾球、小趾球、踵下の3点（トライポット）にチューブを置き、引っ張った状態で足底を安定させてそれを確認し、ブレードを振って身体に外乱を加えながらスローイング動作を行う。足裏の安定性が取れていないと、チューブがパチンと外れる

①足の裏のトライポッドにチューブを挟んでハイドロベストを担ぎ、体幹を反射的に安定させる

②ブレードをシェイクしてスローイング動作を繰り返す。この際に、チューブが外れないように足裏の安定性を確保する

ブレードをシェイクしてスローイング動作を繰り返す。この際に、チューブが外れないように足裏の安定性を確保する

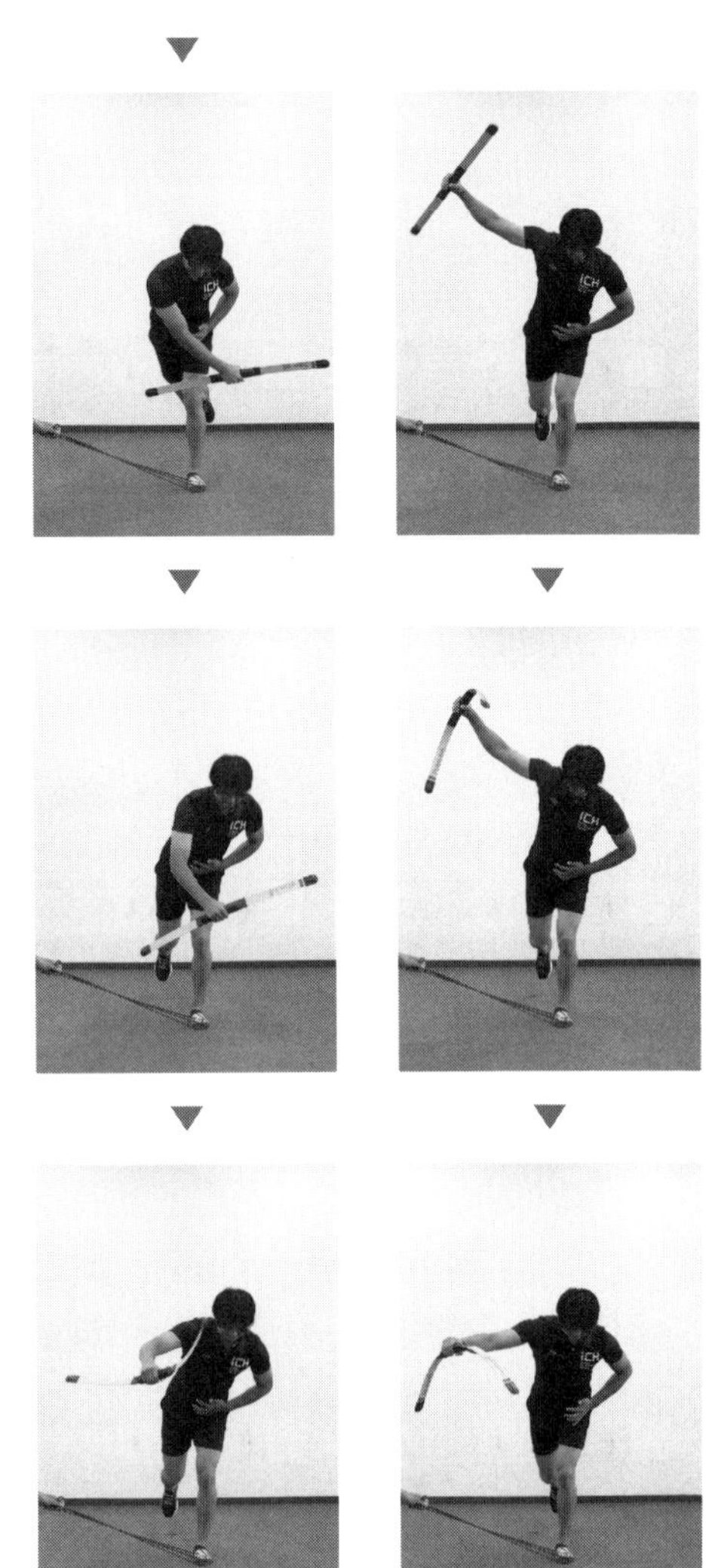

剛体化⑥ 肘関節、手関節

ピッチングのリリースの際には肘、手関節も剛体化されて、指関節にエネルギーの伝達を行っています。

A シングルアームアブローラーアイソメトリックエルボーエクステンション

それぞれの手にアブローラー（腹筋ローラー）を持ち、腹腔、胸腔内圧を高め、肩甲骨をパッキング。アブローラーをリーチしながら肘、手関節を剛体化させてアブローラーに体重をかける。剛体化が崩れないなら、エネルギーが伝達されている

①アブローラーをそれぞれの手に持ち、全身をリーチして伸ばしていく

②肘、手関節まで伸ばしてアブローラーに体重をかけ、剛体化できているかを確認

剛体化⑦ 指関節

肘、手関節まで伸ばしてアブローラーに体重をかけ、剛体化できているかを確認

ボールをリリースする際に、最後は第2、3指のDIP（第1関節）には100Nもの力がかかります。まず手首を固定して支点を作り、ここでボールが抜けないようにするためには、受動性握力（グリップ力）とMP関節（指の付け根）の把持力（ピンチ力）が必要になります。

A フィンガーグリップアイソメトリックリリース

フィンガーグリップにDIP（第1関節）を入れて、手首を固定化してMP関節（指の付け

根）のピンチ動作の際に指先が抜けないようにすることがポイント

①フィンガーグリップをＤＩＰ（第1関節）にかける

②リリースでＭＰ関節（指の付け根）を屈曲して、ＤＩＰ（第1関節）が抜けないようにする

リリースで指の付け根を屈曲して、第1関節が抜けないようにする

剛体化⑧　全身

ピッチングにおいて、オープンステップで体重と重心移動速度によって作った力学的エネルギーを、踏み込み足、胴体、肩甲胸郭関節、肩甲上腕関節、肘関節、手関節と全身を剛体化させて、回転運動でエネルギーをボールまで運べているかを確認するドリルです。

A ストレングスチューブオーバーヘッドパワーポジションローテーション

ストレングスチューブをオーバーヘッドパワーポジションで持ち、全身を剛体化させて股関節の偶力で胴体の回転動作を出し、上まで伝達できているかを確認する

①ストレングスチューブをオーバーヘッドポジションで持ち、パワーポジションを作る

②身体を剛体化して下半身の偶力で胴体を回転させる。剛体化がうまくいっていれば、腕まで連動して動く

B ウオーターバッグオーバーヘッドパワーポジションローテーション

ウオーターバッグをオーバーヘッドパワーポジションで持つことにより、反射的にバランスを取れるようにする。全身を剛体化させて股関節の偶力で胴体の回転動作を出し、上まで伝達しているかを確認する

① ウオーターバッグをオーバーヘッドポジションで持ち、パワーポジションを作る

② 反射的にバランスを取り、身体を剛体化して下半身の偶力で胴体を回転させる。剛体化がうまくいっていれば腕まで連動して動く

身体を剛体化して下半身の偶力で胴体を回転させる。剛体化がうまくいっていれば、腕まで連動して動く

ウオーターバッグを頭上に持ち、反射的にバランスを取りながら身体を剛体化して、下半身の偶力で胴体を回転させる

C ウオーターボールSトップラリアット

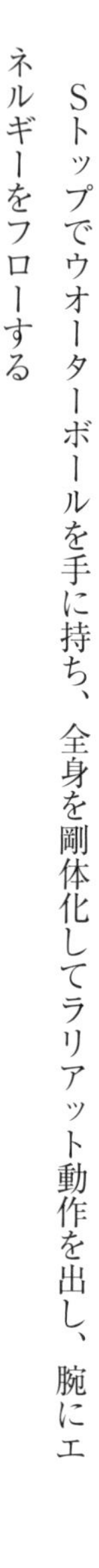

Sトップでウオーターボールを手に持ち、全身を剛体化してラリアット動作を出し、腕にエネルギーをフローする

① SトップWセパレイトポジションでウオーターボールを持つ

② 全身を剛体化し、ラリアット動作で腕にエネルギーをフローする

Sトップでウオーターボールを手に持ち、全身を剛体化してラリアット動作を出し、腕にエネルギーをフローする

パワートレーニング＆ベロシティベーストトレーニング（VBT）

パワーとは仕事率のことをいいます。仕事は力×距離で表され、単位はＪ（ジュール）です。仕事率（パワー）は仕事（力×距離）÷時間＝力×速度。要は加えた力と移動した速度の積で、単位はＷ（ワット）となります。

●１００Ｎ（ニュートン）の物体を、１ｍの距離を１秒で動かしたら、１００Ｎ×１ｍ÷１秒＝１００Ｗ（ワット）のパワーになる

●２００Ｎ（ニュートン）の物体を、１ｍの距離を１秒で動かしたら、２００Ｎ×１ｍ÷１秒＝２００Ｗ（ワット）のパワーになる

球速に必要なエネルギーの単位もＪ（ジュール）であり、パワーが高いということはエネルギーが増加しているともいえます。つまり、力学的エネルギーが増加すれば、球速も上がるということです。

よって、パワートレーニングで全身のパワーを高めていくことが、球速向上のポイントになってきます。

では、そのパワートレーニングプログラムの組み立て方を説明していきます。

各種目によってピークパワーの至適負荷が違うので、トレーニングプログラムを組む際にはどの種目を選ぶかが大切になります。

パワートレーニングのメインは、オリンピックリフティング（※1）となります。その理由は、スクワットでバーベルを上げる際にラスト40％は減速されますが、オリンピックリフティングではバーベルが空中に投射されるため減速局面がなく、加速され続けて大きな力を出すことができるからです。

※1　オリンピックリフティング＝強力に瞬発力を高めることのできるウエイトリフティングの動きと技術を用いたトレーニング法

パワーは図①のように、３つのタイプに分かれます。

①力タイプのハイフォースタイプ
②中間のストレングススピードタイプ
③速度タイプのスピードストレングスタイプ

図①

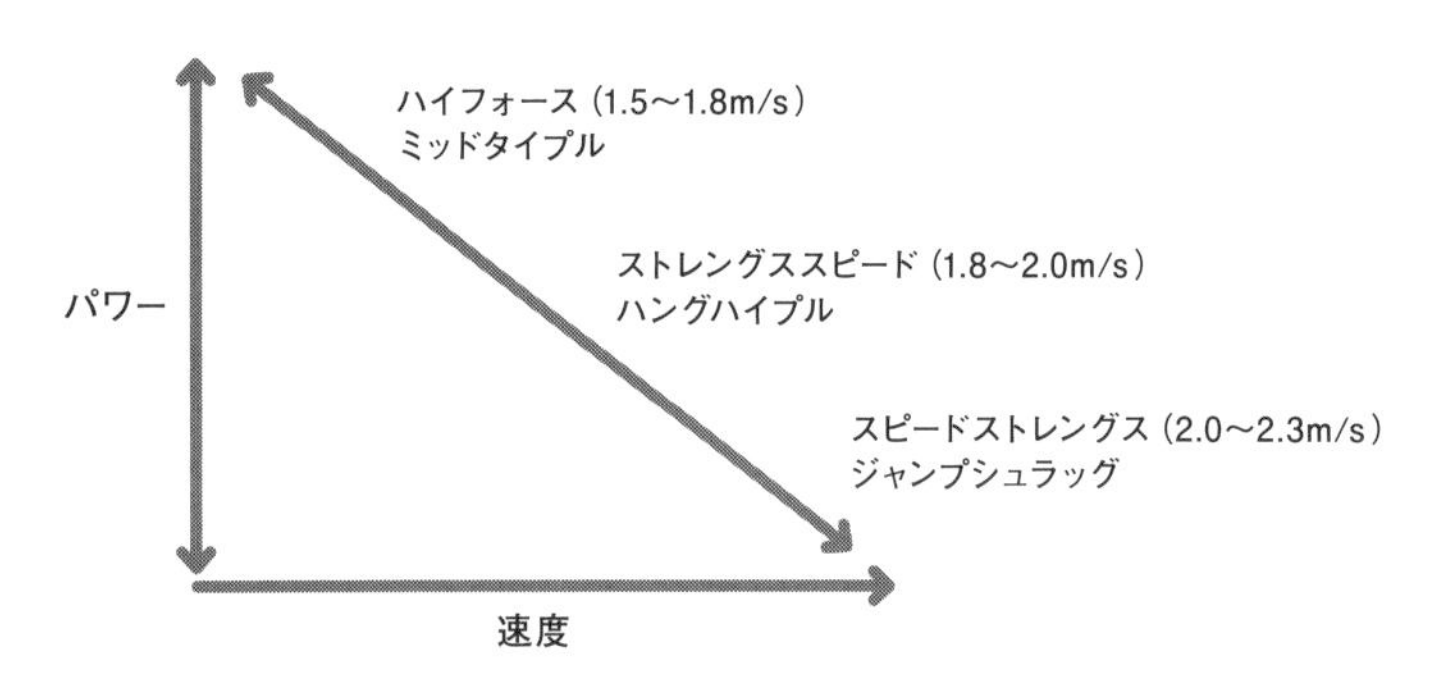

VITRUVEに表示された画面

VBTの機械（VITRUVE）

パワーは速度がわからないとトレーニングできないので、挙上の速度を測るベロシティベースドトレーニング（VBT ※2）を行う必要があります。

※2 ベロシティベースドトレーニング（VBT）＝Velocity Based Training。Velocity（ベロシティー）とは「速度」という意味で、Velocity Based Trainingとは「速度に基づいたトレーニング」のこと

A アイソメトリックトレーニング

パワートレーニングで最初に行うのは、アイソメトリックトレーニング（等尺性筋力発揮）で、その目的は次の通り

①ハイRFD（力の立ち上がり率）の向上
②ピークフォース（最大筋力）の向上
③トリプルエクステンション（出力）で地面のプッシュの感覚を捉える

アイソメトリックハイパワーを出力する際の感覚を捉えていくトレーニングで、このプログラムは、①が3～5セットで、②が3～5秒で行う

●アイソホールドミッドタイプル

①スミスマシン（※3）で、大腿部にバーをセッティングして握って固定

※3　スミスマシン＝筋トレをより効率的かつ安全に行えるよう、バーベルがレールに固定されているトレーニングマシン

②一気に出力して、最大筋力とＲＦＤ（力の立ち上がり率）を高める

スミスマシンで、大腿部にバーをセッティングして握って固定。一気に出力して、最大筋力の立ち上がり率を高める

B エキセントリックトレーニング

次に行うのはエキセントリック（減速筋力）トレーニングで、その目的は次の通り

① タイプⅡX（速筋）増加

② 減速筋力のパワー向上

減速筋力は、最大筋力の120％の出力があるため、速筋線維に刺激を与えることができる。また「特異性の原則（※4）」にもあるように、投球には減速の筋力が必要なので、エキセントリックのパワーを高めることが重要となる

※4 特異性の原則＝そのスポーツで使われる筋肉と関節の連鎖性や、その動作が行われる速度や力の発揮パターンなどに適合したトレーニングをすることが、選手のハイパフォーマンスや障害予防につながる

●低速エキセントリックスクワットトレーニング

ゆっくりバーベルを下げて最大筋力が出るように負荷をかけ、速筋線維が増えるようにしていく

① 1RM（最大筋力）の90%の重さを担ぐ

② パワーラックのサポート台をパワーポジションの位置にセットして、ゆっくり4秒かけてサポート台に下ろし、この上げ下げを6回繰り返す。これを5セット行う

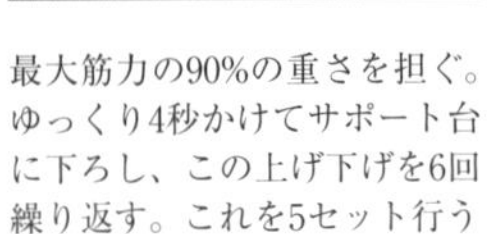

最大筋力の90%の重さを担ぐ。ゆっくり4秒かけてサポート台に下ろし、この上げ下げを6回繰り返す。これを5セット行う

●高速エキセントリックスクワットトレーニング

バーベルをストンと落として止めることで、減速のパワーを上げていく

①１ＲＭ（最大筋力）の70％の重さを担ぐ

②ストンと1秒で下ろして、パワーポジションで完璧に止めるのを8回繰り返す

最大筋力の70%の重さを担ぐ。ストンと1秒で下ろして、パワーポジションで完璧に止めるのを８回繰り返す

●メディシンボールエキセントリックスラムスロー

メディシンボールを、全力でスラムスローして叩きつける。その際には、胴体を前傾45°で減速のパワーを出力し、全身を止めて支点を作りスローイング動作を出す

①体重の5%の重さに相当するメディシンボールを持ち、大きく振りかぶって最大出力で真下に投げる。パワーポジションで完全に止めて、エキセントリック収縮（伸張性収縮）で減速パワーのRFD（力の立ち上がり率）を高める

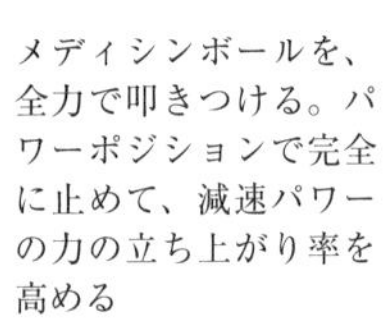

メディシンボールを、全力で叩きつける。パワーポジションで完全に止めて、減速パワーの力の立ち上がり率を高める

C ハイフォーストレーニング

オリンピックリフティングで、1RM（最大筋力）の80〜90％の重さで、ベロシティベースドトレーニング（VBT）の最大挙上速度が1・5〜1・8m／sのフォース重視のパワートレーニング

●ミッドタイプル

膝の真ん中で、バーベルにプレートを1RM（最大筋力）の80〜90％の重さにセッティングして、最大挙上速度が1・5〜1・8m／sが出るように挙上する。運動単位を同期化（シンクロニゼーション）して、爆発的に一気に力を立ち上げることがポイント

①大腿部の前でバーベルを握る

②トリプルエクステンション（出力）で地面を一気に押し、最大速度の1・5〜1・8m／sで挙上する

D ストレングススピードトレーニング

1RM（最大筋力）の30～80％の重さを、挙上速度1・8～2・0m／sで一気に挙上するパワートレーニング

バーベルにプレートを最大筋力の80～90%の重さにセッティングして、最大挙上速度が1.5～1.8m/sが出るように挙上する

●ハングハイプル

ハングハイプル（※5）では、膝上にバーベルを1RM（最大筋力）の30～80％の重さでプレートをセッティング。挙上速度1・8～2・0m／sのスピードが出るようにバーベルを一

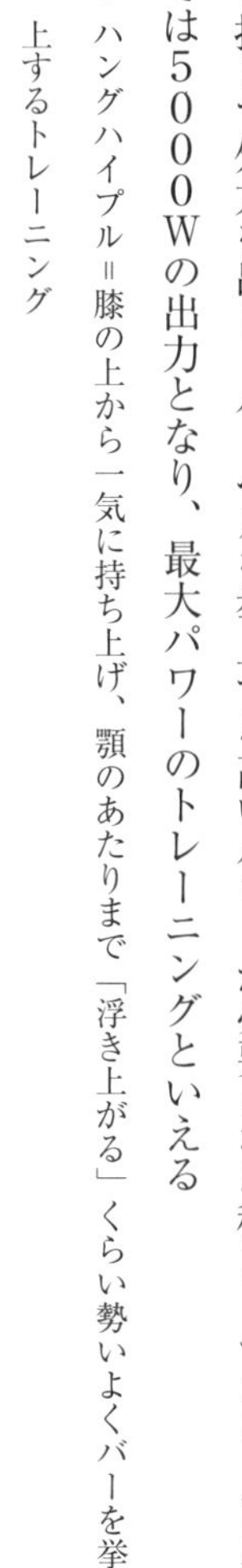

気に挙上する。ハングポジション（膝の上）から、トリプルエクステンション（出力）で一気に地面を押して外力を出し、バーベルを挙上する高いパワーが必要となる種目。セカンドプル（※6）では5000Wの出力となり、最大パワーのトレーニングといえる

※5　ハングハイプル＝膝の上から一気に持ち上げ、顎のあたりまで「浮き上がる」くらい勢いよくバーを挙上するトレーニング

※6　セカンドプル＝肘を返してバーベルを胸元まで持ち上げる動作

①ハングポジションでバーベルを握る

②ベロシティベースドトレーニング（VBT）で、1・8～2・0m／sで挙上する

最大筋力の30～80％の重さでプレートをセッティング。挙上速度1.8～2.0m/sのスピードが出るようにバーベルを一気に挙上

●スピードストレングストレーニング

1RM（最大筋力）の30～60％、挙上速度2・0～2・3m／sの設定。投球時の力発揮は0・25秒以内の高速動作である。そのため、立ち上がりでは素早く強力な筋短縮が必要となるので、このトレーニングは重要

●ジャンプシュラッグ

パワーポジションから、トリプルエクステンション（出力）で一気に加速筋力を高めて筋を素早く収縮し、立ち上がりの力発揮を高めてジャンプする

①トラップバーに1RM（最大筋力）の30～60％の重さでセッティング

②パワーポジションでバーを握る

③爆発的にトリプルエクステンション（出力）で地面を押してジャンプする

ベロシティベースドトレーニング（VBT）で、最大速度の2・0～2・3m／sでジャンプする

最大筋力の30〜60％の重さでセッティングして、最大速度の2.0〜2.3m/sでジャンプする

F オーバーヘッドパワートレーニング

投球では、下半身で作ったパワーを胴体から頭の上にある腕まで伝えなければならない。そのため、投球のパワートレーニングでは、オーバーヘッドパワートレーニングが大切になってくる。1RM（最大筋力）の30〜70％で、最大挙上速度1・9〜2・1m／sに設定する

●プッシュプレス

①バーベルを胸の前で持ち、パワーポジションを作る

②ベロシティベースドトレーニング（VBT）で、最大速度の1・9～2・1m／sでオーバーヘッドポジションに挙上する

▼

▼

最大筋力の30～70％、最大挙上速度1.9～2.1m/sでオーバーヘッドポジションに挙上する

G RFDトレーニング

RFD（RATE OF FORCE DEVELOPMENT）とは力の立ち上がり率のことで、ピッチ

ング時には、軸足のトリプルエクステンション（出力）で地面を押す時間は0・25秒という短時間で行う。ゆっくりとした力の立ち上がりでは投球には使えない筋力になってしまうので、ピークフォース（最大筋力）を短時間で出力して力積を高めるためのトレーニングを行う必要がある。RFDトレーニングは、ベロシティベースドトレーニング（VBT）で、速度を測って行う。筋力を立ち上げる能力には、次のふたつがある

①加速筋力／最大筋力を素早く立ち上げる能力。1RM（最大筋力）の70〜80％で0・5〜0・75m／s

②スタート筋力／高速で筋力を立ち上げる能力。神経系で1RM（最大筋力）の30％で1・5m／s

●ノンカウンタームーブメントハングハイプル

RFD（力の立ち上がり率）を高めるトレーニングの最大のポイントは、ノンカウンターから反動を使わず純粋な筋力発揮で一気に出力することなので、最も出力を発揮しやすいハイプルアップで行う。写真では、足の下に地面反力計を置いてRFD（力の立ち上がり率）とピークフォースを測定している

①ハングポジションでバーを握る
②ハングハイプルを、加速筋力なら1RM（最大筋力）の70～80％で、挙上速度は0・5～0・75m／sで行う
③ハングハイプルを、スタート筋力なら1RM（最大筋力）の30％で、挙上速度は1・5m／sで行う

▼

▼

ハングハイプルを、最大筋力の70～80％で、挙上速度は0.75～0.5m/sで行う

●スミスマシンベンチプレススロー

上半身のRFDトレーニング。投球は胴体の前方回転の際に、肩関節の水平内転の力積が強

く出る。水平内転のピークフォースを短時間で出せているかどうかは、球速向上においてとても大切である。そのため、ベンチプレスの肩の水平内転のＲＦＤ（力の立ち上がり率）は必須となる

①スミスマシンでベンチプレススローを行う

②加速筋力なら１ＲＭ（最大筋力）の70～80％、速度は０・５～０・75ｍ／ｓで

③スタート筋力なら１ＲＭ（最大筋力）の30％、速度は１・５ｍ／ｓで

加速筋力なら最大筋力の70～80％、速度は0.5～0.75m/sで。スタート筋力なら最大筋力の30％、速度は1.5m/sで行う

●プッシュジャンプ

腕立て伏せの状態からＲＦＤ（力の立ち上がり率）のスタート筋力を高め、一気に上半身の筋力を立ち上げて、そのまま加速筋力を上げ続けて飛び上がる。写真では、地面反力計の上で、ＲＦＤ（力の立ち上がり率）とピークフォースを測定しながら行っている

①腕立て伏せの状態を作る

②一気に力を立ち上げて、力を入れ続けて飛び上がる

腕立て伏せの状態から一気に上半身の筋力を立ち上げて、そのまま加速筋力を上げ続けて飛び上がる

H ローテーションパワートレーニング

胴体のとくに上胴の角速度は、球速と非常に相関性が高い。股関節と肩甲上腕関節の力で胴体を回転運動させるので、偶力のパワーを高めることが胴体の角速度を上げることになる

●カイザーカップルフォースローテーションパワー

カイザーというマシンで、回転のパワーを測定する。胴体の回転はW偶力で出るので、グリップを前後に握って股関節と同時にグリップを押し引きし、偶力のパワーを測定する

①回転動作は偶力で行われているので、カイザーのグリップを前後に握る

②股関節、肩甲上腕関節を押す力と引く力を同時に出して偶力を発揮して、このときの回転のパワーを計測する。１５００W以上が目標

Ⅰ ピッチングパワートレーニング

実際の投球の際の回転パワーを高めるトレーニング。これはバックキックのシーソー効果であり、このパワーを高めることが胴体の回転エネルギーも高めることになり、球速向上につながる大きなポイントとなる

股関節、肩甲上腕関節を押す力と引く力を同時に出して偶力を発揮して、このときの回転のパワーを計測する

●カイザーピッチングパワートレーニング

カイザーのマシンにバーをセッティングして握り、偶力に踏み込み足のバックキックの力を加え、ピッチングでの回転のパワーを測定する

①トップの位置でカイザーバーを握り、胴体、股関節、膝関節、肩甲胸郭関節を剛体化する

②踏み込み足の股関節を引いてバックキックをしつつ、偶力を発揮して胴体を一気に回転運動させ、カイザーバーにそのエネルギーを転位して高速で動かす。１５００〜２０００W目標

マシンにバーをセッティングして握り、偶力に踏み込み足のバックキックの力を加え、ピッチングでの回転のパワーを測定する

パワー至適化トレーニング

パワーは力×速さです。先ほども述べましたが、球速の速いピッチャーが垂直跳びの高さと相関することは、体力テストのデータからもわかっています。

これは軸足で作る運動エネルギーが速度の2乗なので、ジャンプ高がある選手ほどジャンプの力積を大きく作っているためジャンプの初速も速く、重心移動速度を速く出して並進エネルギーを強く生み出すことができます。

ジャンプの高さと最大パワーが相関することから、球速向上を図る場合のメイントレーニングはパワートレーニングとなります。

まずパワートレーニングを組む前に最初に行うことは、力速度プロファイルを作成することです。これは、いろいろなアプリが出ているので是非使ってみてください。

P294のグラフ①を見ていただくと、45°の太い線が一番のバランス型でパワーが出やすいです。点線がフォース型（力は出るが速度は出ない）で、細い線がベロシティ型（速度は出るが力は出ない）です。

そのため、まずバランス型に整えるパワー至適化トレーニングを行います。自分がベロシティタイプなら、マキシマムストレングストレーニング（ベンチプレス、スクワット、デッドリフトの最大筋力を高めるトレーニング）を行い、フォースタイプならスピードトレーニング（チューブアシストジャンプなど）を行います。このように、タイプをバランス型の真ん中に整えることを、パワー至適化トレーニングといいます。

パワーのバランスを整えてから、最大パワーを高めるトレーニング（グラフ②）を行っていくのが基本となります。

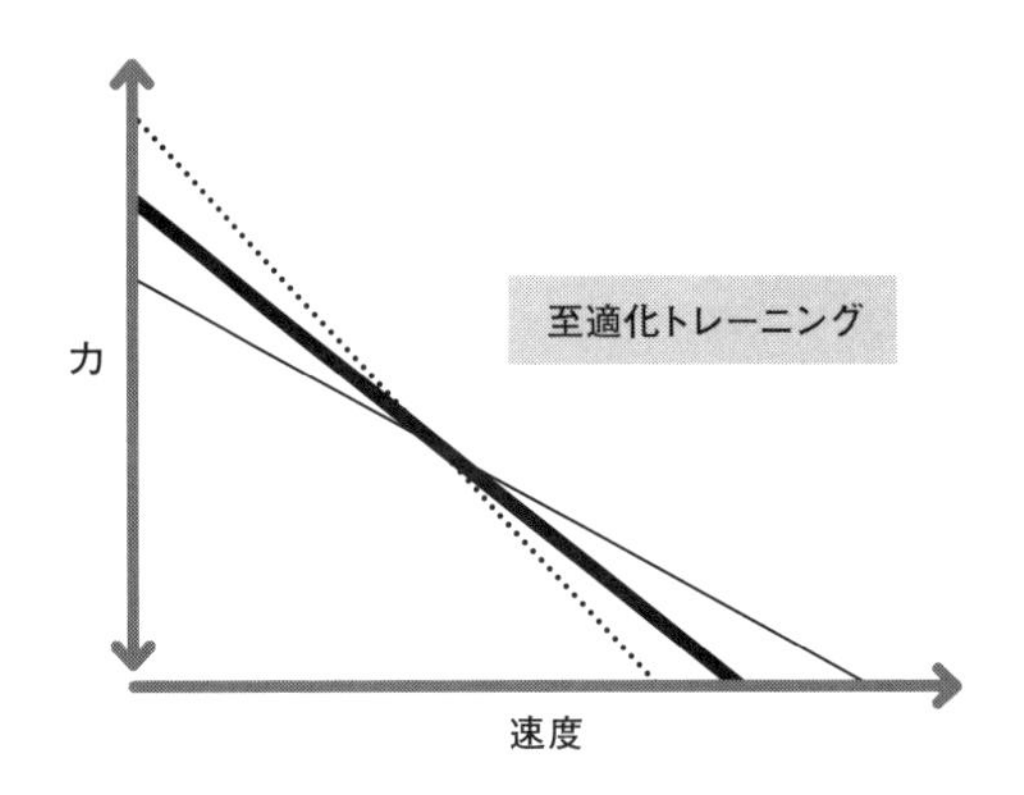

グラフ②

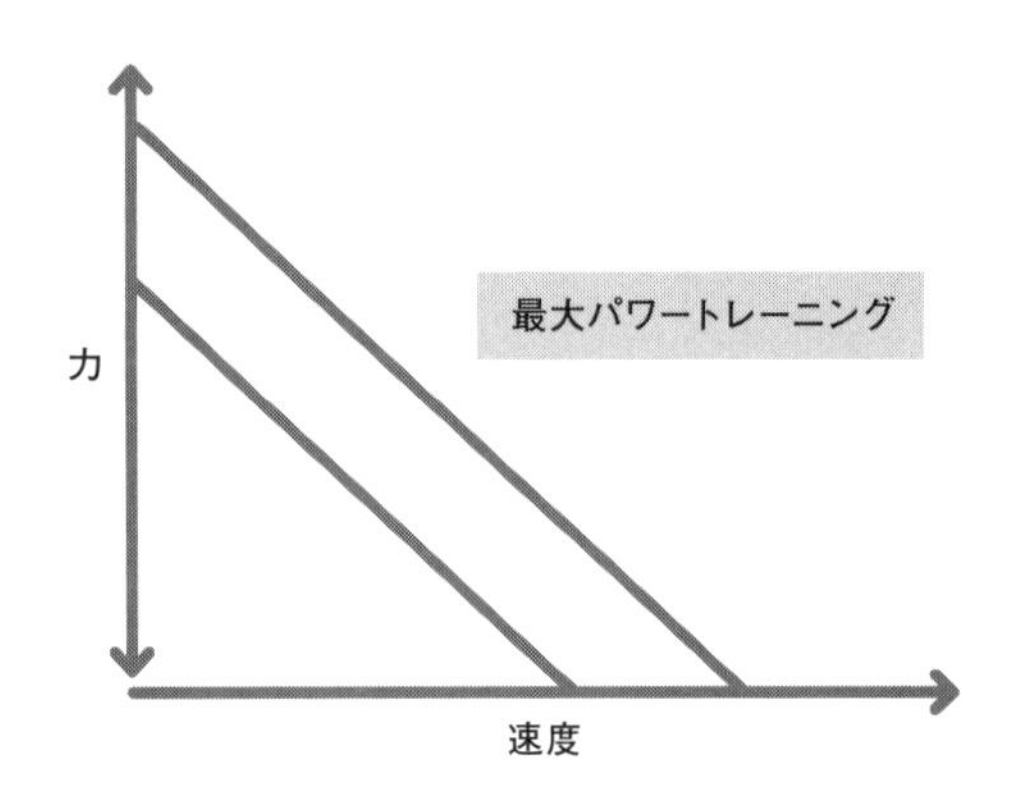

おわりに

このたびは「球速150㎞／hピッチングプログラム」をお買い求めいただき、本当にありがとうございました。

なぜ、シンプルにピッチャーには球速が必要なのでしょうか？

それは、NPBにおけるチームの勝利成績との相関を見るとわかります。投手部門では、奪三振率が勝利との相関係数0・42で1位となっています。奪三振率と球速は、明らかに相関しているのです。球速が上がれば上がるほど見逃し率、空振り率、ボール球を振る率などすべての数値が上がります。ですから、トップレベルに行けば行くほどチームを勝たせるピッチャーとして球速が求められるのです。

2023年のNPBのドラフトでは、中学生の頃から個人指導、長期育成野球選手教室で担当していた谷口朝陽投手が、西武ライオンズから育成ドラフトで2位指名を受けました。ピッチャーとして球速は153㎞／hまで到達し、その身体能力が評価されての嬉しい指名となりました。

また、2024年のドラフトでは、徳島インディゴソックスから4名の選手が指名を受けました。2024シーズンには、150㎞／hピッチャーが10名いて、調査書も13名の選手に届いていました。その中でも、楽天ドラフト3位指名のサイドスローから150㎞／hを計測した中込陽翔投手、阪神タイガース育成1位で159㎞／hを計測した工藤泰成投手、ソフトバンク育成6位で155㎞／h計測の川口冬弥投手、彼らもやはり徳島インディゴソックス1年目での指名でしたが、強い意志でハードなフィジカルトレーニングに取り組み、体力テスト、身体組成等すべて150㎞／hオーバーが出る数値にまで伸ばしました。

このように、指導した選手やチームが目標を達成してくれたときが、コーチとしての最大の喜びです。

そして、私の今後はいまと変わらず、座右の銘である、

「グッドコーチが育成するグッドプレーヤー」

を掲げ、自らがグッドコーチになれるように日々学び続け、ひとりでも多くのグッドプレーヤーを育成し、選手の目標をサポートし続けるように邁進していきたいと思っています。

そして、この書籍がみなさまのパフォーマンス向上のお手伝いができたとしたなら、著者として最高に嬉しいです。今回の出版にあたり、私に関わっていただいているすべての方に感謝

の意を述べたいと思います。

みなさま、いつもありがとうございます。

２０２４年10月

インディゴコンディショニングハウス代表　殖栗正登

参考文献

運動学習とパフォーマンス　リチャードAシュミット　大修館書店
初歩の動作学―トレーニング学　Cハルトマン　H・Jミノウ　Gゼンフ　Lehmanns Media
コンテクスチュアルトレーニング　フランボッシュ　大修館書店
アスレティック・ムーブメント・スキル　Clive Brewer　NAP
ハイパフォーマンスの科学　編集 Davidjoyce ほか　NAP
ムーブメントスキルを高める　朝倉全紀　ブックハウスHD
吉田輝幸の新・体幹トレーニング　吉田輝幸　宝島社
ウイダー体幹リンクトレーニング　ウイダートレーニングラボ　GAKKEN
脳と運動　丹治順　共立出版
デクステリティ巧みさとその発達　ニコライAベルンシュタイン　金子書房
バイオメカニクス　編集 金子公宥 ほか　杏林書院
科学する野球　平野裕一　ベースボールマガジン社

スポーツバイオメカニズム20講　阿江通良　藤井範久　朝倉書店
新しい呼吸の教科書　森本貴義　近藤拓人　ワニプラス
野球選手における身体形態の特性　勝亦陽一　NSCA 2020 MAY
スポーツにおける鞭動作の役割　体育の科学　2011 VOL61
野球のピッチング動作における力学的エネルギーの流れ
島田一志　阿江通良　藤井範久　川村卓　高橋佳三
野球の動作のバイオメカニズム　宮西智久
上手に投げるためのバイオメカニズム　松尾和之
体幹の捻転動作と医学的基礎知識　大久保雄　金岡恒治
体幹の筋横断面積と捻転筋力、パワーについて　池田祐介
体幹部の捻転動作におけるSSC運動　石井泰光
野球の投打動作の体幹捻転研究　宮西智久　桜井直樹
陸上投擲種目における体幹捻転動作の役割　田内健二　遠藤俊典
野球のピッチングにおける手および指の動きとボールの速度の関係
島田一志　阿江通良　藤井範久　高橋佳三　尾崎哲郎
野球の投球スナップのバイオメカニズム　宮西智久

テニスサービスにおけるスナップ動作の役割　田辺智
バレーボールにおける打動作の分析　増村雅尚　阿江通良
球速の異なる野球投手の動作のキネマティクス的比較　島田一志　阿江通良　藤井範久
川村卓　高橋佳三
野球のピッチング動作における体幹および下肢役割に関するバイオメカニクス的研究
島田一志　阿江通良　藤井範久　川村卓　結城匡啓
野球の投動作における上肢関節トルクおよび運動依存モーメントの手先速度における貢献度
内藤耕三　丸山剛生
垂直跳び踏切動作時における初期の体幹角度の違いが
下肢関節トルクと身体重心速度との関係に与える影響　鳥海清司
野球選手の一流競技者に見られる投球動作の特徴　波戸謙太　金堀哲也　谷川聡　奈良隆章　川村卓
殖栗正登のベースボールトレーニング&リコンディショニング　高校野球ドットコム
大学野球投手における投球動作中の地面反力の継時的変化および力積が投球速度に及ぼす影響
蔭山雅洋　鈴木智晴　岩本峰明　杉山敬　前田明
バイオメカニズム的視点からの野球トレーニング再考　松尾知之
野球の投球動作における体幹および投球腕の力学的フローに関する3次元解析
宮西智久　阿江通良　藤井範久　功力靖雄　岡田守彦

投球解析システムによるＴＯＰポジションの運動学的解析
中村真理　中村康雄　林豊彦　福田登　駒井正彦　橋本淳　信原克哉

投球動作の最大外旋角度に対する肩甲上腕関節と肩甲胸郭関節および胸椎の貢献度
宮下浩二　小林寛和　越田専太郎　浦辺幸夫

投球動作の最大外旋角度に相関する要因
宮下浩二　小林寛和　浦辺幸夫　横江清司　川村守雄　猪田邦雄

視覚情報を遮断するタイミングが野球投手の制球の正確性に及ぼす影響
水崎佑毅　前川尚也　中本浩揮　幾留沙智　小笠希将　竹内竜也　宮崎俊輔　森司朗

大学野球投手における体幹の伸長短縮サイクル運動および動作が投球動作に与える影響
蔭山雅洋　岩本峰明　杉山敬　前田明　杉山敬　水谷未来　金久博昭　前田明

大学野球投手におけるピッチング動作の改善例　宮西智久　森本吉謙

野球投手におけるマウンドと平地からの投球のバイオメカニクス的比較
蔭山雅洋　前田明　鈴木智晴　藤井雅文　中本浩揮　和田智仁

大学野球投手における下肢関節の力学的仕事量と投球速度の関係
蔭山雅洋　杉山敬　前田明　水谷未来　和田智仁　鈴木智晴

ステップ幅が投球速度に及ぼす影響　谷田部海周

ＲＳＩ　Eamonn Flanagan

方向転換能力に関する科学的研究　山下大地
野球におけるストレングス&パワートレーニング　庄村康平
一般からアスリートまでの統合的トレーニングアプローチ　根城祐介
スポーツ動作の物理　ゴム付き剛体連結モデル　坂井伸之
武道スポーツの基礎となる棒の力学（監）多段階ブレーキ効果
坂井伸之　牧琢弥　竹田隆一　柴田一浩
VBT理論と実践　長谷川裕
パワートレーニングのための原理原則　G Gregory Haff
野球の投球における非投球腕の役割に関する研究　宮本賢
女子プロ野球選手における投球時の手指動作がボール速度およびボール回転数に及ぼす影響
水谷未来　鈴木智晴　藤井雅文　杉浦綾　松尾あき文　前田明　福永哲夫
ボバースアプローチ　編集 古澤正道　運動と医学の出版社
平衡反応とボバースアプローチの紹介
弓岡光徳　村田伸　大田尾浩　鈴東伸洋　鈴東佳子　古賀郁乃　前田明宏　溝田勝彦
A Constraints-Led Approach to Baseball Coaching　Rob Gray
Anatomy of Agility　Frans Bosch

球速150km/h
ピッチングプログラム

2024年12月20日　初版第一刷発行

著　　　者／殖栗正登

発　　　行／株式会社竹書房
〒102-0075 東京都千代田区三番町8-1
三番町東急ビル6F
email：info@takeshobo.co.jp
URL　https://www.takeshobo.co.jp

印　刷　所／共同印刷株式会社

カバー・本文デザイン／轡田昭彦＋坪井朋子
カバー写真／大家啓利
本文写真／後藤田直彦・大家啓利
取材協力／インディゴコンディショニングハウス
撮影協力／徳島インディゴソックス（谷口朝陽・山崎正義）
企画・構成／高校野球ドットコム編集部（安田未由・田中裕毅）

編　集　人／鈴木誠